AF656435

हिन्द पॉकेट बुक्स

# तीन सूरमा

ये विश्व का महान क्लासिक कथा-साहित्य है और इन्हें लिखा है दुनिया के प्रसिद्ध लेखकों ने। इन रचनाओं को संक्षिप्त में रूपांतरित किया गया है बच्चों और किशोरों के लिए। इन रचनाओं को पढ़कर आपका भरपूर मनोरंजन होगा, साथ ही आप इतने बड़े लेखकों की विश्व चर्चित कृतियों की अच्छे से जानकारी रख पाएंगे।

ये कृतियां आसान भाषा में बहुत सुन्दर ढंग से लिखी गई हैं, जो आपके भीतर तक उतरती चली जाएंगी। इनमें दिए गए आकर्षक चित्र कहानियों को समझने में आपका साथ देंगे।

फ्रांस के महान उपन्यासकार अलेक्जेंडर ड्यूमा के उपन्यास The Three Musketeers का ही यह रूप है 'तीन सूरमा'। इसमें चालाक, धोखेबाज़ और नीच औरत लेडी केलरिक के महापापों की दिल दहला देने वाली कहानी है, जिसे दार्ता, विंटर या एथोस जैसे सूरमाओं ने नहीं, बल्कि पापों से बोझिल उसी की आत्मा ने मारा।

सुरुचिपूर्ण एवं प्रेरणादायक विश्व क्लासिक उपन्यास

# तीन सूरमा

विश्व के महान उपन्यासकार

## अलेक्जेंडर ड्यूमा

के अमर उपन्यास

The Three Musketeers

का हिन्दी रूपान्तरण

हिन्द पॉकेट बुक्स

पेंगुइन रैंडम हाउस इम्प्रिंट

**हिन्द पॉकेट बुक्स**

यूएसए | कनाडा | यूके | आयरलैंड | ऑस्ट्रेलिया | सिंगापुर
न्यू ज़ीलैंड | भारत | दक्षिण अफ्रीका | चीन

हिन्द पॉकेट बुक्स, पेंगुइन रैंडम हाउस ग्रुप ऑफ़ कम्पनीज़ का हिस्सा है,
जिसका पता global.penguinrandomhouse.com पर मिलेगा

पेंगुइन रैंडम हाउस इंडिया प्रा. लि.,
चौथी मंजिल, कैपिटल टावर -1, एम जी रोड,
गुड़गांव 122 002, हरियाणा, भारत

पेंगुइन
रैंडम हाउस
इंडिया

प्रथम संस्करण हिन्द पॉकेट बुक्स द्वारा 2011 में प्रकाशित
यह संस्करण हिन्द पॉकेट बुक्स में पेंगुइन रैंडम हाउस द्वारा 2022 में प्रकाशित



10 9 8 7 6 5 4 3 2



ISBN 9789353492076

मुद्रकः रेप्रो इंडिया लिमिटेड



www.penguin.co.in

FSC www.fsc.org MIX Paper from responsible sources FSC® C047271

This is a legitimate digitally printed version of the book and therefore might not
have certain extra finishing on the cover.

# एक

बात ही कुछ ऐसी थी। फ्रांस के इस नगर में बड़ा शोर था। क्या बड़े, क्या छोटे, सबके सब यहां की एक सराय की तरफ भागे जा रहे थे। उत्सुकता सबको थी, हालांकि बहुतों को पता नहीं था कि आख़िर बात क्या है? लोग इस तरह क्यों एक ही ओर भागे जा रहे हैं, मगर भगदड़ और उत्सुकता का नतीजा यह निकला कि देखते-देखते उस सराय के सामने भारी भीड़ जमा हो गई। यहां सबकी नज़रें एक जोशीले नौजवान को टकटकी लगाए देख रही थीं।

होगा यह नौजवान कोई अठारह-उन्नीस साल का। उसके शरीर पर चमचमाते रेशमी कपड़ों की पोशाक थी और कमर में एक लम्बी तलवार लटक रही थी। चेहरे पर दमक वाले इस छरहरे युवा के पास ही उसका घोड़ा खड़ा था, मगर यह घोड़ा न सिर्फ़ बूढ़ा हो चला था, बल्कि ख़ासा मरियल भी था। बस लोगों को बात करने का बहाना मिल गया। वे इस अजीबोग़रीब सरदार को हैरानी से देखते हुए तरह-तरह की बातें कर रहे थे। कुछ इस नए सूरमा की हंसी भी उड़ा रहे थे।

जिन्होंने बड़े-बड़े सूरमाओं की कहानियां पढ़ी होंगी, वे समझ सकते हैं कि आख़िर क्यों और क्या समझकर लोग इस नौजवान की हंसी उड़ा रहे थे? वे क्यों इतनी बड़ी संख्या में उसे देखने सराय के सामने उमड़ पड़े थे? आख़िर यह जोशीला बांका कौन था?

यह छोटा-सा हीरो दुनिया को अपनी जांबाज़ी और बहादुरी से

हैरान कर देने के लिए घर से निकला था। उसका उद्देश्य था, बहादुरी के ऐसे काम कर दिखाना, जिससे लोगों का भला हो और वे उसकी बहादुरी और साहस का लोहा मानने लगें। निकलते वक़्त इस नौजवान को उसके पिता ने अपना सबसे प्यारा घोड़ा दिया, जो अब बूढ़ा हो चला था। इससे भी बढ़कर पिता ने अपने जीवन-भर के अनुभवों की कमाई का निचोड़ कुछ शब्दों में अपने बेटे को समझाया था।

पिता ने कहा था, "बेटे, अपने बड़ों के नाम और उनकी आन-बान को हमेशा बनाए रखना। आज से यह तुम्हारे हाथ में है। हमेशा लोगों की भलाई के काम करना और राजा के सिवा किसी के आगे न झुकना। मेरे पास तुम्हें भेंट में देने के लिए सिर्फ़ यह बूढ़ा घोड़ा और पन्द्रह क्राउन हैं। इन्हें अपने साथ रख लो। ये तुम्हारे काम आएंगे।...एक बात और...तुम्हारी मां ने एक बंजारन से घावों को जल्द ठीक कर देने वाले एक मरहम के बनाने का तरीक़ा सीखा था। तुम भी इसे सीख लो, यह भी तुम्हारे काम आएगा," पिता ने यह भी कहा, "तुम पेरिस में मेरे एक बहुत पुराने मित्र मस्यो त्रिवेल से ज़रूर मिलना। वह एक पुराना और तजुर्बेकार सरदार है। इन दिनों वह राजा के बॉडीगार्डों का कप्तान है। कप्तान होने से उसका दरबार में बड़ा रुतबा है। वह एक मामूली आदमी से इस ऊंचाई तक पहुंचा है और वेतन में ही उसे हर महीने दस हज़ार क्राउन मिल जाते हैं। मैं अपने उस मित्र के नाम तुम्हें यह चिट्ठी दे रहा हूं। यह चिट्ठी तुम्हारे काम आएगी।"

अपने पिता की सीख को जीवन की सबसे बड़ी पूंजी और आशीर्वाद मानकर यह नौजवान घर से निकल पड़ा। इस बहादुर, जोशीले और जांबाज़ नौजवान का नाम था, दार्ता।

वैसे तो सराय के बाहर दार्ता अपनी धुन में खोया हुआ था और वह वहां जुटी भीड़ और उनकी बातों से बेपरवाह था, मगर फिर भी

अचानक उसकी नज़र सराय की खिड़की पर बैठे एक लम्बे-तगड़े आदमी की तरफ गई, जो उसकी तरफ इशारे कर अपने साथ बैठे दो आदमियों से कुछ कह रहा था। दार्ता ने उनकी बातों को ग़ौर से सुना। बातें सुनकर उसे बड़ा गुस्सा आया। दरअसल वे लोग दार्ता का मज़ाक़ बना रहे थे। उसने चिल्लाकर उन्हें आवाज़ दी और कहा, "मैं एक छोटे से गांव का रहने वाला हूं। क्या इसलिए तुम लोग मेरी हंसी उड़ा रहे हो? आख़िर तुम लोग अपने आपको समझते क्या हो? बोलो, जवाब दो, क्यों तुम लोग मेरी हंसी उड़ा रहे हो?"

दार्ता की आवाज़ सुनकर वहां जमा भीड़ के कान खड़े हो गए। उनमें से कुछ उसकी बात पर ज़ोर से हंसने लगे। इस बात पर दार्ता को और भी बुरा लगा और उसका हाथ तलवार की मूठ तक जा पहुंचा। उधर उस लम्बे-तगड़े आदमी ने दार्ता को जवाब दिया, "हम तुम्हारे इस निखट्टू घोड़े पर हंस रहे हैं। बेचारा बुढ़ापे में खच्चर बन गया है।"

यह आदमी एक फ़ौजी सरदार था। उसकी बात सुन दार्ता ने कहा, "मेरा घोड़ा देखकर तुम हंस सकते हो, मगर यह घुड़सवार अभी तुम्हारी हंसी को बन्द कर देने के लिए काफ़ी है।"

फ़ौजी सरदार को दार्ता की यह बात चुभ गई। वह खिड़की से नीचे उतर आया और पास आकर अकड़ से बोला, "हूं, तो तुम्हारी यह मजाल...! जाओ यहां से और अपना काम करो, अभी तुम बच्चे हो।" यह कहकर वह जाने लगा।

सरदार को मुड़कर जाते देखकर दार्ता ने तलवार म्यान से खींच ली और गरजकर बोला, "मुंह फेरकर कहां जा रहे हो? रुको, मैं किसी पर पीछे से वार नहीं करता।"

सरदार पलटकर बोला, "क्या तुम मुझ पर वार करोगे? लगता है,

तुम्हारी अक़्ल में भूसा भरा है।" उसके यह कहते ही दार्ता ने सरदार पर उछलकर वार कर दिया। सरदार तेज़ी से पीछे हटा, वरना उसका सिर धड़ से अलग होकर नीचे आ गिरता। सरदार को समझते देर न लगी कि यह लड़का मज़ाक़ नहीं कर रहा है।

फ़ौजी सरदार पर वार होते देख उसके साथियों ने भी तलवारें खींच लीं और जवाबी लड़ाई के लिए दार्ता पर टूट पड़े। दार्ता इन दोनों से तलवारें टकराने लगा। सरदार ने अपने साथियों को आदेश दिया, "इस बेवक़ूफ़ को अपने क़ाबू में लेकर इसकी तलवार छीन लो और फिर इस मरियल घोड़े पर बैठाकर शहर के बाहर छोड़ दो।"

उधर वार के पैंतरे खेलता दार्ता बोला, "अरे, जाओ, कोरी धमकी देने वाले तुम जैसे बहुत देखे हैं। मैं यह शहर छोड़ूंगा ज़रूर, मगर तुम्हारे इन साथियों के सिर उड़ाने के बाद।"

दार्ता के निडर हौसले को देखकर सरदार मन-ही-मन उसकी तारीफ़ कर रहा था। उसे महसूस हुआ कि बड़े दिनों बाद उसने किसी बहादुर नौजवान को देखा है, मगर इस बीच दार्ता लड़खड़ाते हुए ज़मीन पर गिर गया।

उसे ज़मीन पर गिरते देख लोगों की उत्सुकता और बढ़ गई और वे उसके इर्द-गिर्द जमा हो गए। इस बीच सरदार के कहने पर सराय के मालिक ने दार्ता को उठाकर एक कमरे में लिटा दिया। दार्ता बेहोश हो गया था। सराय के मालिक ने सरदार को बताया, "जनाब, यह सूरमा तो कमाल का है और बड़ा तेज़-तर्रार है। बेहोश होने से पहले बड़ी तेज़ी से हाथ-पैर चला रहा था और ज़ोरों से चिल्ला रहा था। चिल्लाते वक़्त वह बार-बार अपनी जेब में हाथ डालते हुए कहता था कि अगर यह बात मस्यो त्रिवेल को पता चली, तो वह किसी को छोड़ेगा नहीं।"

सराय मालिक की बात सुनकर सरदार का माथा ठनका। वह बड़बड़ाया, "मस्यो त्रिवेल!" उसने फ़ौरन उस नौजवान की जेब की तलाशी लेने का आदेश दिया।

सराय मालिक बोला, "मैंने बेहोश होने के बाद उसकी जेब की तलाशी ले ली थी। उसमें यह चिट्ठी निकली है। लीजिए, आप देख लीजिए।"

सरदार ने चिट्ठी देखकर कुछ सोचते हुए कहा, "कहीं ऐसा तो नहीं कि मस्यो त्रिवेल ने मुझे मारने के लिए इस नौजवान को भेजा हो!"

अगले ही क्षण उसे लगा कि हो सकता है, यह सच न हो और यह नौजवान अपने ही किसी काम की वजह से यहां आया हो। वह किसी नतीजे पर नहीं पहुंच सका।

उसने सराय मालिक से कहा, "मेरा घोड़ा तैयार करवा दो। तब तक मैं उस अंग्रेज़ औरत से मिलकर आता हूं।"

बेहोशी से जागा दार्ता उठकर बैठ गया। उसे पास के कमरे से उसी सरदार की एक महिला से बात करने की आवाज़ आती सुनाई दी। वह उनकी बातों को ध्यान से सुनने लगा। सरदार कह रहा था, "इंग्लैंड पहुंचकर तुम मुझे इस बात की ख़बर कर देना कि लन्दन में ड्यूक हैं या नहीं। इस सन्दूक़ को तुम अपने पास ही रखना और इसे फ्रांस में नहीं, बल्कि इंग्लैंड पहुंचकर खोलना। इस सन्दूक़ में एक काग़ज़ है, जिसमें आगे की बातों के बारे में सब कुछ लिखा है।" यह कहकर सरदार अपने घोड़े पर बैठकर चल दिया।

दार्ता ने देखा कि वह औरत एक गाड़ी से दूसरी ओर जा रही है। दार्ता सरदार का पीछा करना चाहता था, मगर तलवारबाज़ी के बाद हुए घावों की वजह से उसे रुकना पड़ा।

कुछ देर बाद दार्ता को मस्यो त्रिवेल के नाम अपने पिता की चिट्ठी

का ख़्याल आया। वह अपनी जेब टटोलने लगा, लेकिन जेब में चिट्ठी नहीं मिली। दार्ता इस बात को जानने के लिए फ़ौरन सराय-मालिक के पास जा पहुंचा। पहले तो सराय के मालिक ने कुछ भी बताने से इनकार कर दिया, लेकिन जब दार्ता ने उसके सीने पर अपनी तलवार अड़ा दी, तो वह बोल उठा, “श्रीमान, आपकी जिस सरदार से लड़ाई हुई थी, वही आपकी जेब से चिट्ठी निकालकर ले गया है।”

सराय के मालिक की यह बात सुनकर दार्ता को बड़ा गुस्सा आया। वह बोला, “जब यह बात मस्यो त्रिवेल को पता चलेगी, तो वह उस सरदार को छोड़ेंगे नहीं।”

अब दार्ता जल्द से जल्द पेरिस जाने की तैयारियां करने लगा, जहां उसे मस्यो त्रिवेल से मिलना था।

# दो

दार्ता ने फ्रांस की राजधानी पेरिस पहुंचते ही सबसे पहले अपना वह घोड़ा बेच दिया, जिसे बूढ़ा हो जाने की वजह से लोग ख़च्चर कहकर पुकारने लगे थे, फिर सपनों के इस ख़ूबसूरत शहर में उसने किराए के मकान का इन्तज़ाम किया और मस्यो त्रिवेल से मिलने की सारी तैयारियां कर अगले दिन राजा के इस सेनापति से मिलने उसके घर जा पहुंचा।

लेकिन दार्ता मस्यो त्रिवेल से जिस वक़्त मिलने पहुंचा, तब उसका मूड कुछ उखड़ा हुआ था। मस्यो अपने सैनिकों की करतूत से बेहद नाराज़ था। उसे ख़बर मिली थी कि उसकी कमान के सबसे क़ाबिल माने जाने वाले तीन साहसी सैनिकों को बीती रात शहर की एक बदनाम जगह हंगामा करने की वजह से गिरफ़्तार किया गया था। गिरफ़्तार करने वाले सैनिकों ने यह बात अपने प्रमुख अधिकारी और रियासत के प्रधानमन्त्री कार्डिनल को बता दी थी। कार्डिनल ने यही बात राजा के सामने बढ़-चढ़कर बताई। इस पर राजा ने मस्यो त्रिवेल से कहा, "मेरे विचार में राजा के बॉडीगार्डों की कमान में अब कार्डिनल के योग्य सैनिकों को लिया जाना चाहिए।" अपनी कमान के सैनिकों के विरोध में राजा की इस नाराज़गी से मस्यो को गहरी ठेस पहुंची थी और वह अपने सैनिकों पर इस बात का जमकर गुस्सा निकाल रहा था।

शाही सेना के सिपाही अरामिस और पार्थस सिर झुकाए खड़े थे और मस्यो चिल्ला रहा था, "तुम लोगों की वजह से मेरी फ़ौजी पलटन बदनाम हुई है। अगर कल तुम लोग उस ग़लत जगह जाकर सिर नीचा करने वाला काम न करते, तो मुझे कार्डिनल के सैनिकों की तारीफ़ में राजा की बात सुनने को न मिलती। सचमुच इससे बुरी बात और क्या हो सकती है कि नागरिक सेना राजा के फ़ौजियों को गिरफ़्तार करे। तुम लोगों ने मेरे नाम पर बट्टा लगा दिया। मन में तो यही आता है कि मैं राजा के बॉडीगार्डों के प्रमुख का यह पद ही छोड़ दूं। बोलो, अब तुम लोगों का क्या कहना है? ऐथोस कहां है? मैंने सुना है, कल वह भी उस हंगामे में मौजूद था।"

अरामिस बोला, "ऐथोस की हालत ठीक नहीं है।"

पार्थस कहने लगा, "जो कुछ कार्डिनल ने राजा को कहा है, वह सच नहीं है हुजूर, हंगामे की वजह से नहीं, ज़ोर-ज़बरदस्ती की वजह से लड़ाई हुई। कार्डिनल के सैनिकों ने बेवजह हम पर हमला किया था, जिसका हमने कड़ा मुक़ाबला किया। इसी वजह से ऐथोस ज़ख़्मी हो गया।"

अरामिस बताने लगा, "मैंने तो निहत्थे ही कार्डिनल के एक सैनिक को धूल चटा दी और उसकी तलवार छीन ली।...मस्यो को अब सारी बात समझ आने लगी। उसे पता चला कि कार्डिनल के सैनिकों ने न सिर्फ़ जान-बूझकर, बल्कि छिपकर हमला किया और उन पर बिना वजह दंगे-फ़साद का आरोप मढ़ दिया। यह बात कार्डिनल ने राजा के सामने इस तरह से पेश की, जैसे उनके सैनिक तो राजा की भलाई चाहने वाले और साहसी हैं, लेकिन मस्यो त्रिवेल के शाही फ़ौजी निकम्मे और डरपोक हैं।"

इसी बीच ऐथोस भी वहां पहुंचा। उसकी हालत को देखकर मस्यो

चौंक पड़ा। ऐथोस के शरीर पर जगह-जगह घाव के निशान थे और उनसे ख़ून बह रहा था। ऐथोस बोला, "कहिए सेनापति, मेरे लिए क्या आज्ञा है?" यह कहते-कहते वह बेहोश होकर गिर पड़ा।

पार्थस ने बताया, "कार्डिनल के पगलाए सैनिकों से ऐथोस ने जान पर खेलकर मुक़ाबला किया और बड़ी बहादुरी से उन्हें पीछे धकेल दिया।"

अरामिस बोला, "ऐथोस की आपसे मिलने लायक़ हालत नहीं थी, लेकिन आपका आदेश मिलते ही जैसे-तैसे वह आप तक पहुंचा और यहां आकर गिर पड़ा।"

मस्यो ने ऐथोस को तारीफ़ से भरी नज़रों से देखा और फ़ौरन चिकित्सक को बुलवा भेजा। कुछ ही देर में चिकित्सक ने पास के कमरे में ऐथोस का इलाज शुरू कर दिया और बाक़ी सैनिक घर से बाहर निकल गए।

बैठक का कमरा ख़ाली होने पर मस्यो ने दार्ता से उसके आने का कारण पूछा। दार्ता ने मस्यो को आदर के साथ सलाम कर बड़ी नर्मी से कहा, "मैं आपकी शाही सेना का जांबाज़ सिपाही बनना चाहता हूं।"

मस्यो त्रिवेल युवा दार्ता के मुख से निकले इन शब्दों से बेहद ख़ुश हुआ। उसे यह भी पता चला कि दार्ता दरअसल उसके एक बहुत पुराने मित्र का बेटा है, लेकिन शाही सेना में भर्ती होने की योग्यताएं अलग थीं। इसलिए मस्यो ने दार्ता से कहा, "शाही सेना में केवल चुने हुए बहादुर ही भर्ती होते हैं। इसके लिए फ़ौज की ट्रेनिंग लेनी पड़ती है। ऐसे सैनिकों को सेना में कम-से-कम दो साल तक रहते हुए अपनी बहादुरी का प्रमाण देना होता है। तब कहीं जाकर उन्हें शाही सेना में भर्ती होने का मौक़ा मिलता है।"

दार्ता को यह सारी बातें बड़ी कठिन महसूस हुईं। वह मस्यो त्रिवेल की बातें सुनकर निराश हो गया। उसने कहा, "मैंने सोचा था कि अपने पिता का लिखा ख़त देकर आपसे कोई मदद पा सकूंगा, लेकिन वह भी चोरी चला गया। अब मेरे लिए कोई रास्ता नज़र नहीं आता।"

मस्यो ने दार्ता से पूछा, "लेकिन वह ख़त तुम्हारे पास से चोरी कैसे हो गया?"

तब दार्ता ने सराय में एक सरदार और उसके साथियों से हुई अपनी लड़ाई की कहानी कह सुनाई। दार्ता ने जब मस्यो त्रिवेल को बताया कि उस सरदार के दाहिने गाल पर घाव का निशान था, तो सुनकर वह उस सरदार को फ़ौरन पहचान गया। उसने कहा, "दार्ता, तुम्हारी भलाई इसी में है कि तुम उस सरदार को भूल जाओ। उससे दोबारा लड़ने की कोशिश न करना। ऐसा करना तुम्हारे लिए बड़े ख़तरे की बात हो सकती है।"

लेकिन दार्ता के दिमाग़ में तो कुछ और ही घूम रहा था। वह बोला, "मुझे अपनी फ़ौजी पलटन में आप भर्ती न करा सकें, तो कोई बात नहीं, लेकिन एक भला कर दीजिए। अगर आप उस सरदार को पहचान चुके हैं, तो उसका नाम और पता बता दीजिए। मैं उसे भूलकर भी माफ़ नहीं कर सकता।"

दार्ता की बेचैनी पर मस्यो त्रिवेल ने दोबारा उसे समझाया और फिर मुहर लगी एक चिट्ठी देकर कहा, "यह चिट्ठी तुम हमेशा अपने पास ही रखना। वक़्त ज़रूरत यह तुम्हारे काम आएगी।"

दार्ता ने चिट्ठी लेकर मस्यो त्रिवेल का शुक्रिया अदा किया और बाहर की ओर निकल पड़ा। बाहर निकलते हुए उसे एक खिड़की से वही सरदार नज़र आ गया, जिसका अभी वह ज़िक्र कर रहा था। वह चिल्लाकर फ़ौरन उसी सरदार की ओर दौड़ पड़ा। उसे जोश के

साथ बेतहाशा भागते देख मस्यो त्रिवेल ने पूछा, "यह आदमी कौन है, जिसके पीछे तुम इतनी तेज़ी से भाग रहे हो?"

दार्ता बोला, "यह वही है, जिसने मेरी जेब से चिट्ठी चुराई है।"

इससे पहले कि मस्यो कुछ कह पाता, दार्ता तेज़ी से आगे निकल गया और बाहर निकलते ही वह इलाज कराकर बाहर जा रहे ऐथोस से बुरी तरह टकरा गया। हड़बड़ाए ऐथोस ने दार्ता को पकड़ लिया और चिल्लाते हुए कहा, "धक्का मारकर इस तरह जाते हुए तुम्हें शर्म नहीं आती...? लगता तो यही है कि तुम्हें तमीज़ सिखाने की ज़रूरत है।"

दुश्मन सरदार को देखकर बौखलाए दार्ता ने ऐथोस को टका सा जवाब दिया, "इस वक़्त मैं ज़रा जल्दी में हूं, वरना देखता कि मुझे तमीज़ सिखाने की हिम्मत करने वाला आख़िर कौन है?"

ऐथोस दार्ता के इस उत्तर से तमतमा गया। वह बोला, "ठीक है, तुम अभी तो जल्दी में हो, लेकिन मुझसे निबटने की हिम्मत है, तो ठीक बारह बजे बड़े गिरजाघर के पास के मैदान में आकर मुझसे मिल लेना।"

दार्ता ने भी निडर होकर कह दिया, "तो तुम क्या मुझे डरपोक समझते हो? तुम मेरा इन्तज़ार करना। बेशक मैं तुमसे निबटने आ जाऊंगा।"

यह कहते हुए दार्ता तेज़ी से बाहर के दरवाज़े की ओर बढ़ा, लेकिन यहां पार्थस और पहरेदार कुछ इस तरह से खड़े थे कि उसका निकलना मुश्किल था, फिर भी दार्ता उन दोनों के बीच में ख़ाली जगह देख जैसे ही निकला, उसकी तलवार की मूठ पार्थस के वस्त्रों में अटक गई और उसका अंगरखा फट गया। पार्थस दार्ता पर गुर्राया, "पागल....दीवाने! क्या तू अन्धा है? दिखता नहीं कि हम यहां खड़े हैं?"

जल्दबाज़ी में एक और मुसीबत का सामना होते ही दार्ता बोला, "न तो मैं अन्धा हूं, न ही पागल। अभी मैं जल्दी में हूं, वरना बताता कि मेरी आंखें तुमसे कितनी ज़्यादा अच्छी हैं।"

पार्थस को एक लड़के से इस तरह के जवाब की उम्मीद नहीं थी। वह बोला, "बेवक़ूफ़ लड़के, शायद तुझे नहीं मालूम कि शाही सेना के जवानों से किस तरह बात करना चाहिए।"

दार्ता ने जल्दबाज़ी में कहा, "तमीज़-वमीज़ मैं ख़ूब अच्छी तरह समझता हूं, लेकिन तुम मुझसे लड़ना ही चाहते हो, तो मैं तैयार हूं।"

पहरेदार के सामने दार्ता की इस हरकत से नाराज़ पार्थस ने कहा, "तू क्या मुझसे लड़ेगा? फिर भी तुझे हारने का शौक़ है, तो मैं ठीक एक बजे तेरा शाही बग़ीचे के सामने वाले मैदान में इन्तज़ार करूंगा।"

दार्ता उसे भी हां कहकर सड़क पर उसी सरदार को तलाश करने निकल पड़ा, लेकिन तब तक वह सरदार उस इलाक़े से निकल चुका था।

दार्ता को इस बात से बहुत दुःख हुआ कि कोशिश के बावजूद सामने आया दुश्मन उसके हाथ से निकल गया। इसी बीच उसे मस्यो त्रिवेल की पलटन का एक और शाही सैनिक अरामिस नज़र आया, जो उस वक़्त सड़क के एक ओर किसी दूसरे सिपाही से बात कर रहा था। तभी दार्ता ने देखा कि अरामिस की जेब से एक रूमाल सड़क पर गिर गया है। दार्ता ने भलाई में वह रूमाल उठाकर अरामिस को दे दिया। उसे लगा कि अरामिस उससे ख़ुश होकर धन्यवाद देगा, पर उसने दार्ता को धन्यवाद देने की जगह उसे गुस्से से देखा, इस तरह, जैसे उसने ऐसा करके कोई गुनाह किया हो। उसे नहीं मालूम था कि अरामिस ने वह रूमाल अपने साथी सैनिक की जेब से निकालकर

ज़मीन पर फेंका था। दार्ता के रूमाल दे देने से उसकी पोल खुल चुकी थी और वह उस सैनिक के सामने हंसी का पात्र बन गया था। जब अरामिस के साथ बात करने वाला वह सैनिक और उसके दूसरे साथी चले गए, तब उसने दार्ता को फटकारकर कहा, "रूमाल उठाकर हमारे मामले में टांग अड़ाने की तेरी हिम्मत कैसे हुई?"

दार्ता को अरामिस की यह बात अच्छी नहीं लगी। उसने हैरानी से पूछा, "लेकिन इसमें मेरा क़सूर ही क्या है?"

अरामिस ने उससे कहा, "तुम ठहरे जंगली, तुम नहीं समझ सकते कि तुमने क्या किया है।"

दार्ता अरामिस की बेरुख़ी पर चिल्ला पड़ा, "जंगली मैं नहीं, तुम हो। मैंने तो तुम्हारी गिरी हुई चीज़ के बारे में बताकर तुम्हारी मदद की है और तुम मेरा शुक्रिया अदा करने की जगह, मुझे भला-बुरा कह रहे हो?"

"अरे, तुम हो क्या चीज़...क्या समझते हो तुम अपने आपको?" अरामिस झल्लाया, "नादान लड़के, ज़्यादा अकड़ मत दिखाओ। अगर मुक़ाबला ही करना है, तो मुझसे दोपहर दो बजे मस्यो त्रिवेल की हवेली के सामने मिल लेना। तब तुम्हें बताऊंगा कि मैं हूं क्या चीज़।"

यह तीसरा मौक़ा था, जब त्रिवेल की पलटन के एक और शाही सैनिक से दार्ता ने कहा, "अच्छा, यही बात है, तो ठीक है, मैं तुमसे भी निपटने आ जाऊंगा।"

वह नहीं जानता था कि मस्यो त्रिवेल की सेना के जिन तीन सैनिकों को वह मुक़ाबले की चुनौती दे चुका था, वे तीनों शाही सेना के सूरमाओं की ऐसी तिकड़ी थी, जिसका सभी हमेशा लोहा मानते थे।

# तीन

आख़िर शाही सेना की बहादुर तिकड़ी से मुक़ाबले का वह वक़्त आ ही गया, जिनसे भिड़ने की सूरमा दार्ता ने चुनौती मंजूर की थी। पहले बारी ऐथोस की थी, जो ठीक बारह बजे बड़े गिरजाघर के सामने दार्ता से मुक़ाबले का इन्तज़ार कर रहा था। उसे अपने दो सैनिक साथियों का भी इन्तज़ार था, जो इस लड़ाई के पंच फ़ेसले के लिए आने वाले थे, लेकिन दार्ता इस शहर में नया था और उसका यहां कोई भी जानने वाला नहीं था। अतः वह अकेला ही राह पूछते हुए गिरजाघर के सामने जा पहुंचा।

जब तक दोनों मुक़ाबले के लिए तैयार होते, वहां ऐथोस के बुलाए पंच फ़ेसला करने वाले सिपाही भी आ पहुंचे। ये कोई और नहीं, पार्थस और अरामिस ही थे। ऐथोस दार्ता से बोला, "अपने बीच होने वाले मुक़ाबले के लिए मैं इन दोनों को ही पंच बना रहा हूं। वैसे भी यह बात सारा पेरिस जानता है कि हम जहां भी होते हैं, एक साथ ही होते हैं। कहो, तुम्हें क्या कहना है?"

दार्ता निरुत्तर था, लेकिन उसे देखकर पार्थस और अरामिस अचरज में थे। दोनों ऐथोस से कहने लगे, "इसी लड़के से तो हमें भी लड़ना है।"

अरामिस ने कहा, "मैंने इसे दो बजे लड़ाई लड़ने का वक़्त दिया है।"

पार्थस एकदम से बोला, "और मैं भी इस छोकरे से एक बजे ही लड़ूंगा।"

तीनों को एक साथ देखकर भी दार्ता निराश नहीं हुआ, बल्कि वह और भी जोश से कहने लगा, "लेकिन वायदे के हिसाब से पहले मेरा मुक़ाबला ऐथोस से होगा और अगर मैं इस मुक़ाबले में हार गया या मारा गया, तो मैं तुम दोनों से लड़ ही नहीं सकूंगा...इसलिए अब इस बात के लिए मैं पहले से ही क्षमा मांग लेता हूं।"

और देखते-देखते ही दार्ता और ऐथोस के बीच तलवारें खिंच गईं। दोनों हवा में उछल-उछलकर तलवार के पैंतरे खेलने लगे।

इससे पहले कि उनके बीच युद्ध और भी तेज़ होता, ऐथोस की नज़र कार्डिनल की फ़ौजी टुकड़ी के सरदार गुसाक और उसके साथ आ रहे सिपाहियों पर पड़ी। अरामिस और पार्थस ने ऐथोस से तुरन्त युद्ध रोक देने और तलवारें म्यान में डाल लेने के लिए कहा। लेकिन तब तक कार्डिनल के सिपाही बहुत पास आ चुके थे। गुसाक ने शाही सेना की तिकड़ी को चेतावनी देते हुए कहा, "एक बार फिर तुम सड़क पर झगड़ा न करने की आज्ञा को तोड़ रहे हो। यह ठीक नहीं है। तुम लोग अपनी तलवारें म्यान में डालो और ख़ामोशी से चले जाओ, वरना अच्छा नहीं होगा।"

लेकिन कार्डिनल के सैनिकों से शाही सेना के तीनों बहादुर बेहद नाराज़ थे और उनकी बात बिल्कुल भी मानना नहीं चाहते थे। ऐथोस ने गुसाक और उसके साथ आए चार सैनिकों को मुक़ाबला देखकर चुपचाप चले जाने के लिए कहा। अरामिस ने गुसाक से कहा, "जैसे तुम सब सरकार के सिपाही हो, हम भी शाही सैनिक हैं और हमें भी वह सब अधिकार प्राप्त हैं, जो तुम लोगों को मिले हुए हैं।"

यह बात गुसाक और उसके साथ आए सैनिकों को चुभ गई। वे

एक बार फिर तीनों को बीती रात की तरह सबक सिखाने की सोचने लगे। ऐथोस के हाथ में तलवार पहले ही मचल रही थी, उधर पार्थस और अरामिस भी तैयार थे। वे भी पिछले झगड़े का बदला लेना चाहते थे। आख़िर ऐथोस ने गुसाक को ललकारते हुए कहा, "यह मत सोचना कि हम तीन तुम पांच को देखकर डर गए हैं। तुम सबसे मुक़ाबले के लिए हम तीन ही काफ़ी हैं। दम हो, तो आ जाओ मैदान में।"

ऐथोस की ललकार ने आग में घी का काम किया। तलवारें तन गईं और खड़खड़ाने को बेताब हो उठीं। दार्ता चक्कर में पड़ गया कि क्या करे? तभी उसे ख़्याल आया कि वह मस्यो त्रिवेल से दोस्ती का रिश्ता रखता है। इसलिए वह त्रिवेल के सैनिकों को अपना मानकर उनका साथ देने के लिए तैयार हो गया। वह चिल्लाया, "मैं भी त्रिवेल के सिपाहियों के साथ हूं। मुझे इनसे अलग न समझना। दार्ता के इस रुख़ से शाही सैनिकों की तिकड़ी चौंक पड़ी। ऐथोस ने दार्ता को दूर ही रहने की सलाह दी, लेकिन वह नहीं माना और तलवार तानकर गुसाक के सामने जा खड़ा हुआ। उधर गुसाक ने अपने सिपाहियों को लड़ने का हुक्म दिया और अगले ही पल मस्यो त्रिवेल और कार्डिनल की फ़ौजी पलटन के सिपाही आमने-सामने मुक़ाबला करने लगे। तभी बेहद फुर्ती से दार्ता ने गुसाक पर हमला कर दिया। इससे पहले कि गुसाक संभलता, उसकी तलवार छिटककर दूर जा गिरी और उधर दार्ता ने उसके सीने पर तलवार अड़ा दी। गुसाक तेज़ी से धरती पर जा गिरा।

इसी बीच अरामिस, पार्थस और ऐथोस ने बाक़ी सैनिकों को मुक़ाबले में हरा दिया। उन्होंने कार्डिनल के सभी सैनिकों की तलवारें छीन लीं और फिर गुसाक के हार मान लेने के बाद वे सब वहां से निकल गए।

त्रिवेल और कार्डिनल के सैनिकों के बीच हुई इस भिड़न्त की ख़बर सारे शहर में आग की तरह फैल गई और इसमें विजेता सैनिकों के साथ ही नौजवान दार्ता का नाम भी गूंजने लगा। यह भाग्य का ही चमत्कार था कि थोड़ी देर पहले जो सैनिक दार्ता के दुश्मन थे, वे ही अब इस सूरमा की बहादुरी की चर्चा करते फूले नहीं समा रहे थे। वे चाह रहे थे कि दार्ता को भी मस्यो त्रिवेल की कमान वाली राजा की बॉडीगार्ड सेना में अवश्य शामिल कर लिया जाए।

जब यह बात मस्यो त्रिवेल तक पहुंची, तो वह अपने सैनिकों की बहादुरी और कार्डिनल के सैनिकों की हार से मन-ही-मन बहुत ख़ुश हुआ, फिर भी दिखावे के लिए उसने ऐथोस, अरामिस और पार्थस को सड़क पर दंगा करने के लिए ख़ूब फटकार लगाई। दार्ता को भी समझाया कि भविष्य में ऐसी ग़लती दोबारा न करे। वैसे मस्यो त्रिवेल दार्ता की बहादुरी का क़ायल भी हो चुका था और वह ख़ुद चाहता था कि यह मामला किसी तरह राजा तक पहुंचे, ताकि दार्ता को शाही सेना में भर्ती करने का काम पूरा हो सके।

# चार

प्रधानमन्त्री कार्डिनल अपनी फ़ौजी टुकड़ी की शहर में हो रही बदनामी से बेहद परेशान और नाराज़ रहने लगे। वह किसी भी तरह से राजा के बॉडीगार्डों के मुक़ाबले अपने सिपाहियों को बहादुर जताना चाहते थे। उधर सारा शहर त्रिवेल के सैनिकों की तारीफ़ कर रहा था और अब उनकी तारीफ़ में नौजवान दार्ता भी शामिल था, जो शाही सेना में भर्ती हुए बग़ैर उनकी तरह रुतबा पा चुका था। वह जहां जाता, लोग उसकी तारीफ़ करते। शाही सेना की तिकड़ी तो अपने इस नए साथी की दीवानी ही बन गई थी। वे अक्सर इस सूरमा नौजवान के साथ दिखाई देने लगे और उसकी हर तरह मदद करते। कार्डिनल की सेना का सरदार गुसाक और उसके दल का एक और वीर सिपाही बेकरे सरेआम हुई अपनी हार की आग में जल रहे थे और वे आम जनता तो दूर अपने ही सिपाहियों के बीच मुंह दिखाने में शर्म महसूस कर रहे थे। आख़िर इन लोगों ने एक-एक करके शाही सैनिकों के साथ दार्ता को सबक़ सिखाने की योजना बनाई।

सबसे पहले वे दार्ता को मज़ा चखाने का मौक़ा ढूंढने लगे। इस नाराज़गी की वजह भी थी। गुसाक प्रधानमन्त्री की सैन्य टुकड़ी का प्रमुख होकर भी शाही सैनिकों से मुक़ाबले में एक अनाड़ी लड़ाके दार्ता से हार गया था। वह इसी बेइज़्ज़ती का बदला लेना चाहता था।

आख़िर एक दिन दार्ता उनकी नज़रों में आ गया, जब वह देर रात किराए के अपने मकान की ओर अकेला लौट रहा था। गुसाक और बेकरे काफ़ी समय से दार्ता को अकेले घेरने का मौक़ा तलाश रहे थे। मौक़ा मिलते ही वे दार्ता के सामने नक़ाबपोश बनकर जा पहुंचे। अचानक दो नक़ाबपोशों से ख़ुद को घिरा पाकर दार्ता मुश्किल में पड़ गया। इससे पहले कि वह उनके बीच से निकलने की तरकीब सोचता, दोनों नक़ाबपोश बेहद फुर्ती से अपनी तलवारें निकालकर दार्ता पर वार करने को पैंतरे में आ गए। दार्ता को यह समझते देर न लगी कि उसे भी अब इन अजनबियों से भिड़ना ही पड़ेगा। वह बड़ी तेज़ी से ज़मीन पर गिरा। इस तरह कि जैसे बेहोश हो गया हो। कुछ देर सैनिक दार्ता को ज़मीन पर पड़ा देखते रहे, फिर गुसाक़ और बेकरे उसके पास जाकर देखने लगे। जब उन्हें कोई हरकत नज़र न आई, तो गुसाक ने अपनी नक़ाब हटाकर बेकरे से कहा, "बड़ा बहादुर बनता था। देखा, डरकर अपने होश ही गवां बैठा।"

घोड़े से उतरकर जैसे ही गुसाक दार्ता के निकट पहुंचा, वह बेहद तेज़ी से तलवार लेकर उठ खड़ा हुआ। उसे हैरानी हुई कि एक सैनिक कप्तान उस पर छिपकर वार करने जा रहा था। दार्ता ने तलवार को गुसाक की तरफ लहराते हुए कहा, "डरपोक मैं नहीं, तुम हो, जो मुझसे डरकर वार करना चाहते हो। मैं छिपकर नहीं, सबके सामने लड़ने की ताक़त रखता हूं और इस वक़्त भी मैं अकेला ही तुम दोनों पर भारी पड़कर दिखा सकता हूं।"

गुसाक का पारा सातवें आसमान पर चढ़ चुका था। वह चिल्लाया, "बेकरे, प्रधानमन्त्री के सैनिकों पर हमला करने की हिम्मत करने वाले इस मामूली से छोकरे को इसकी मूर्खता का मज़ा चखा दो।"

बेकरे दार्ता पर टूट पड़ा। दोनों की तलवारें अंधियारे में जलते-बुझते

अंगारों की तरह चमकने लगीं। जल्दी ही बेकरे को भी यह समझ में आ गया कि दार्ता ने कच्ची गोलियां नहीं खेली हैं और वह भी एक वीर सैनिक है। अपने से बहुत छोटी उम्र के एक नौजवान को बहादुरी से लड़ते देख बेकरे ने उसके साथ हमलावर तलवारबाज़ी की जगह बचाव के पैंतरे खेलना शुरू कर दिए। तभी गुसाक को दूर से दो घुड़सवार आते दिखाई दिए। उसे शक हुआ कि ये राजा के गश्ती बॉडीगार्ड हैं। वह नहीं चाहता था कि राजा के सामने यह बात पहुंचे कि अब प्रधानमन्त्री की पलटन का सरदार ही उनकी बातों को नहीं मान रहा है और सरेआम झगड़े पर उतर आया है। इसलिए उसने बेकरे को इशारा कर वहां से तुरन्त ही निकल जाने में ही अपना भला समझा। बेकरे यही चाहता था। इसलिए मौक़ा मिलते ही वह दार्ता से फिर मिलेंगे, कहते हुए अंधेरे में ग़ायब हो गया।

जब यह बात मस्यो त्रिवेल को पता चली, तो वह कार्डिनल के सैनिकों के लिए गुस्से से भर गया। उसे लगा कि कार्डिनल के सैनिकों के बारे में राजा से शिकायत करने का यही सही मौक़ा है। इसलिए वह तुरंत राजा से मिलने जा पहुंचा। राजा को जब यह बात पता चली कि खुद कार्डिनल के सैनिक ही सरेआम दंगे पर उतर आए हैं और राजा के बॉडीगार्डों से जान-बूझकर झगड़ा मोल ले रहे हैं, तो वह बहुत नाराज़ हुआ।

अपना काम बख़ूबी करने के बाद मस्यो त्रिवेल ने दार्ता के बहादुरी से भरे कारनामों के बारे में जानकारी दी। राजा को यह जानकर आश्चर्य हुआ कि दार्ता ने गुसाक को पहले हमले में ही किस तरह हार मानने पर मजबूर कर दिया था और जब उसने बेकरे के साथ छल से हमला किया, तब भी दार्ता घबराया नहीं, बल्कि उसने बेकरे का साहस से मुक़ाबला किया। राजा सूरमा नौजवान दार्ता के साहस

भरे कारनामों से बेहद ख़ुश हुआ। इसलिए जब मस्यो ने उसे राजा के बॉडीगार्डों की टुकड़ी में शामिल कर लेने की बात कही, तो उन्होंने फ़ौरन इस बात पर अपनी आज्ञा दे दी। राजा के आदेश से दार्ता को राजदरबार में बुलवाया गया। वहां ऐथोस, अरामिस और पार्थस आदि की मौजूदगी में दार्ता को बॉडीगार्ड कमान का सदस्य बनने की शपथ दिला दी गई। दार्ता के जीवन का यह न भूलने वाला दिन था। अपनी बहादुरी और जांबाज़ी से वह अपना उद्देश्य पूरा करने में कामयाब हो चुका था। वह बहुत ख़ुश था।

# पांच

शाही फ़ौज में एक नौजवान लड़के की भर्ती की चर्चा पूरे नगर में फैल चुकी थी। अपने इस काम से मस्यो त्रिवेल बहुत ख़ुश थे। दार्ता को राजा की बॉडीगार्ड फ़ौज में शामिल करवाकर वह कार्डिनल को भी यह जता चुके थे कि वह राजा के ज़्यादा क़रीबी और भरोसे के आदमी हैं, लेकिन दार्ता इन सब बातों से बेख़बर अपनी नई ज़िम्मेदारी के काम में डूबा हुआ था और बड़ी चुस्ती और बहादुरी से अपने कर्तव्य को निभा रहा था। शाही फ़ौज में भर्ती हो जाने की सूचना से उसके पिता और गैस्कन गांव के सभी लोग बड़े ख़ुश थे।

देखते-देखते कुछ समय गुज़र गया। एक दिन दार्ता पेरिस के बड़े बाज़ार में घूम रहा था कि उसकी नज़र एक अंग्रेज़ स्त्री पर पड़ी। वह उसे फ़ौरन पहचान गया। यह वही थी, जिसे उसने दुश्मन सरदार से लड़ाई के बाद सराय से बाहर जाते वक़्त देखा था। दार्ता ने चुपचाप उसका पीछा करना शुरू किया। वह एक घोड़ागाड़ी में बैठ गई थी और गाड़ी कहीं के लिए चल पड़ी थी। उसके साथ एक घुड़सवार भी चल रहा था। वह स्त्री से कुछ बातें कर रहा था, लेकिन उनकी अंग्रेज़ी में चल रही बातों से लगता था कि स्त्री उस घुड़सवार से नाराज़ है। इसी बात को लेकर दार्ता ने स्त्री से कहा, "मादाम, अगर इस आदमी से आपको कोई परेशानी है, तो मैं आपकी मदद कर सकता हूं। आप चाहें, तो इसे अभी यहां से भगा देता हूं।"

दार्ता की बात सुनकर वह अंग्रेज़ स्त्री चौंक पड़ी, लेकिन मदद की बात सुनकर उसने दार्ता से इतना ही कहा, "बहादुर नौजवान, तुम्हारी मदद की बात का शुक्रिया, लेकिन यह घुड़सवार कोई और नहीं, बल्कि मेरा भाई है।"

तभी वह घुड़सवार दार्ता की ओर लपका और ग़ुस्से से बोला, "क्यों छोकरे, क्या तेरा दिमाग़ फिर गया है? क्यों अपनी मौत बुलाना चाहता है? चल हट मेरे रास्ते से, वरना तेरा दिमाग़ अभी ठिकाने पर ला दूंगा।"

घुड़सवार की बेहूदा बातें सुनकर दार्ता ग़ुस्से से भर गया, लेकिन फिर भी मुस्कराते हुए बोला, "चलो, यह ही सही। मैं चाहता भी हूं कि कोई मेरा दिमाग़ ठीक कर दे। अगर शाम को वक़्त हो, तो मेरे दिमाग़ का इलाज करने छह बजे लक्ज़मबर्ग में आ जाना। वहां देखेंगे कि कौन किसको ठीक करता है।"

वह घुड़सवार दार्ता पर बरस पड़ा, "तेरी यह मजाल कि तू मुझे चुनौती दे! तू शायद जानता नहीं कि इस वक़्त किसी ऐरे-गैरे से नहीं, बल्कि शेफ़ील्ड के नवाब लार्ड विंटर से बात कर रहा है। अब मैं तुझे बताकर ही रहूंगा कि मुझसे अकड़ने वाले का हाल क्या होता है। मैं ठीक छह बजे लक्ज़मबर्ग आ जाऊंगा, लेकिन तू अकेला मत आना। अपने साथियों को भी ले आना, ताकि तेरे हाथ-पैर टूटने पर वे तुझे ले जा सकें, समझा!"

शाम को लक्ज़मबर्ग के बाग़ में दार्ता शाही फ़ौज की तिकड़ी ऐथोस, अरामिस और पार्थस के साथ जा पहुंचा। वहां लार्ड विंटर अपने अंग्रेज़ लड़ाकुओं के साथ पहले से मौजूद था।

परिचय के बाद बाक़ायदा लड़ाई शुरू हुई। दार्ता विंटर से निबट रहा था। उधर तिकड़ी तीन अंग्रेज़ सैनिकों से ज़ोरदार मुक़ाबला कर

रही थी। आख़िर अंग्रेज़ सैनिक तेज़-तर्रार ऐथोस, अरामिस और पार्थस के आगे टिक न सके। अपने साथियों के पैर उखड़ते देख लार्ड विंटर के भी होश उड़ने लगे। दार्ता की फुर्ती और तेज़ तलवारबाज़ी के आगे वह थक चुका था। तभी दार्ता ने तेज़ी से वार कर उसकी तलवार के दो टुकड़े कर दिए। लार्ड ज़मीन पर गिरा पड़ा था और उसके सीने पर दार्ता की तलवार जा लगी थी। उसने अपनी हार मान ली थी।

लार्ड विंटर ने दार्ता से कहा, "वाक़ई दार्ता, तुम बहादुर हो और मैं तुम्हारी बहादुरी का सम्मान करता हूं।"

दार्ता बोला, "मैं चाहता तो तुम्हारी जान ले सकता था, लेकिन तुम्हारी बहन का मुझे ख़्याल आ गया।"

विंटर ने कहा, "यह मैं जानता हूं। मैं तुम्हारी दिलेरी को सलाम करता हूं और आज शाम अपनी हवेली पर रात के भोजन के लिए दावत देता हूं। वहां मेरी बहन से भी तुम्हारी मुलाक़ात हो सकेगी। वह भी तुमसे मिलकर बहुत ख़ुश होगी।"

दार्ता भी यही चाहता था। उसने फ़ौरन हामी भर दी।

# छह

लार्ड विंटर और उसके लड़ाकू साथियों पर अपनी जीत से चारों शाही फ़ौजी बेहद ख़ुश थे। उन सबमें एक नया भरोसा जाग उठा था। बड़े गिरजाघर से लौटते वक़्त ऐथोस ने कहा, "अगर दार्ता उस रात के हंगामे में साथ होता, तो गुसाक और उसके साथियों को हम उसी दिन मज़ा चखा देते।"

अरामिस बोला, "शुक्र मनाओ कि दार्ता हमारा दुश्मन नहीं दोस्त बन गया। वह भी गुसाक और उसके सिपाहियों की वजह से, वरना उस दिन या तो हममें से कोई मारा जाता या फिर हम अपना यह सूरमा दोस्त खो बैठते।"

पार्थस बोला, "लेकिन भाग्य को यही मंजूर था कि हम सब एक हों और उन दुश्मनों से निबटें, जो हममें से किसी पर भी आंख उठाकर देखें।"

दार्ता तीनों की बातों को ग़ौर से सुन रहा था, लेकिन उसका ध्यान शाम को लार्ड विंटर के घर उसकी बहन से होने वाली मुलाक़ात पर टिका था। दार्ता उस अंग्रेज़ औरत के लिए अपने अन्दर एक अलग जगह महसूस कर रहा था। वह उससे मिलकर बहुत सारी बातें भी जानना चाहता था।

दार्ता को अपने आप में गुम देखकर ऐथोस ने पूछा, "क्या सोच रहे हो दार्ता?"

दार्ता ने जवाब दिया, "शाम को विंटर से होने वाली मुलाक़ात के बारे में।"

ऐथोस ने कहा, "हम तुम्हें यह तो नहीं कहेंगे कि तुम वहां मत जाओ, लेकिन तुम्हें इतना ज़रूर कहना चाहते हैं कि वहां हरदम होशियार रहना।"

अब दार्ता की जिज्ञासा और भी बढ़ गई। वह विंटर और उसके घर में रहने वाली उसकी बहन के बारे में ज़्यादा-से-ज़्यादा बातें जानने को और अधिक बेचैन हो उठा। अरामिस ने उस औरत का नाम बताया, लेडी केलरिक। दार्ता ग़ौर से सुन रहा था।

पार्थस ने कहा, "लेडी केलरिक असल में एक रहस्यमय औरत है और लोग उसके बारे में तरह-तरह की बातें करते हैं।"

ऐथोस ने बताया, " और केलरिक लार्ड विंटर की बहन नहीं है, बल्कि वह उसके पति का बड़ा भाई है, जिसके साथ केलरिक रहती है।"

तीनों की मंडली से केलरिक के बारे में ग़ौर करने वाली कुछ बातें जानने के बावजूद दार्ता शाम को होने वाली दिलचस्प मुलाक़ात के बारे में बेहद गम्भीरता से सोच रहा था। वह उस सरदार और इस अंग्रेज़ स्त्री के सम्बन्धों को लेकर भी बहुत कुछ जानना चाहता था। शाम होते ही दार्ता लार्ड विंटर से मिलने के लिए सज-संवरकर तैयार हो गया और उसकी हवेली की तरफ चल पड़ा।

# सात

लार्ड विंटर की हवेली एकदम राजशाही थी। हवेली के मुख्य द्वार के सामने बने बग़ीचे भी बेहद सुन्दर थे। दार्ता मुख्य दरवाज़े पर जब पहुंचा, तो वहां लार्ड विंटर स्वयं उसकी प्रतीक्षा कर रहे थे। लार्ड ने गले लगाकर दार्ता का अभिवादन किया और उसे हवेली के भीतर ले गए।

हवेली के अन्दर आते ही लेडी केलरिक को आवाज़ दी। दार्ता ने भीतर के विशाल कमरे से उसी अंग्रेज़ महिला को आते हुए देखा। धीरे से चलते हुए वह बैठक में आ पहुंची। उसके हाथ में एक बन्दर था, जिसे बड़े प्यार से सहला रही थी। दार्ता को उसका यह व्यवहार बड़ा अजीब लगा। सामने आकर उसने दार्ता को हैलो कहा और फिर उसे ग़ौर से देखने लगी। दार्ता ने महसूस किया कि लेडी केलरिक उसे कुछ अजीब नज़रों से देख रही है। वह समझ नहीं पा रहा था कि लेडी केलरिक उससे मिलकर खुश है या फिर उसके बारे में कुछ और सोच रही है।

लार्ड विंटर ने दार्ता के लिए एक शानदार पेय तैयार किया और फिर लेडी केलरिक से अपने इस नए दोस्त के साहस की तारीफ़ करने लगा। विंटर बोला, “जानती हो, आज हमारे बीच हुए मुक़ाबले के आख़ीर में जब मेरी तलवार दो टुकड़े हो गई और दार्ता ने मेरे सीने पर

अपनी तलवार अड़ा दी, तो मुझे मेरी मौत सामने दिखाई दी, लेकिन इस बहादुर ने मुझे ज़िन्दा छोड़ दिया और मेरा दोस्त बन गया।"

विंटर ने पेय का गिलास दार्ता की ओर बढ़ाते हुए कहा, "सचमुच मेरे दोस्त, तुम बहादुर तो हो ही, एक अच्छे इंसान भी हो और मैं ऐसे लोगों की बड़ी इज़्ज़त करता हूं।"

लेडी केलरिक कहने लगी, "वाक़ई दार्ता, तुम तारीफ़ के क़ाबिल हो। तुमसे मिलकर मुझे भी ख़ुशी हुई। तब और भी ख़ुशी होगी, जब तुम इसे अपना घर समझकर हमेशा यहां आते रहोगे। बोलो, तुम हमारे घर आया करोगे ना?"

इन शब्दों ने दार्ता पर जैसे जादू कर दिया। उसने तुरन्त कहा, "मैं इतना बेरुख़ा नहीं कि आपकी बात का मान न रखूं। मैं ज़रूर आया करूंगा।"

दार्ता के लिए विंटर की तारीफ़ का सिलसिला जारी रहा और उधर पेय गले के नीचे उतरता रहा। अब बारी थी रात के भोजन की। विंटर ने उसे भोजन की एक बड़ी मेज़ पर बैठने के लिए बुलाया, जहां तरह-तरह के खाने सजे थे। इन खानों को सजाने का काम वहां पहले से ही मौजूद केटी नाम की एक नौकरानी कर रही थी। उसने दार्ता को बड़े प्यार से भोजन परोसना शुरू किया। दार्ता को लगा कि उसके आने से सबसे ज़्यादा ख़ुशी केटी को ही हुई है।

भोजन के बाद कुछ देर के लिए विंटर कहीं चला गया। अब खाने की टेबल पर लेडी केलरिक और दार्ता अकेले बैठे थे। दार्ता लेडी केलरिक से बातें करने लगा। वह इस स्त्री के बारे में बहुत सारी बातें जानने को बेचैन था।

लेडी केलरिक ने उसे बताया, "मैं विधवा हूं और मेरे पति की मृत्यु काफ़ी पहले हो चुकी है। मेरा एक बच्चा भी है। मैं यहां अपने पति के बड़े भाई के साथ रह रही हूं।"

दार्ता ने पूछा, "तो क्या लार्ड विंटर तुम्हारा भाई नहीं है?"

लेडी केलरिक ने कहा, "नहीं, वह मेरे पति के बड़े भाई हैं, यानी रिश्ते में जेठ।"

दार्ता को अपने फ़ौजी साथियों की बात याद आई, जिन्होंने पहले ही यह बात उसे बता दी थी, लेकिन दार्ता को न जाने क्यों ऐसा लग रहा था कि लेडी केलरिक एक बहुत ही भली महिला है और वह उसके लिए हमेशा अच्छा सोचने वाली साबित होगी। तभी केलरिक ने दार्ता से कहा, "सुनो, दार्ता, तुम मुझे वचन दो कि तुम यहां हमेशा आया करोगे। नहीं तो मैं तुमसे नाराज़ हो जाऊंगी।"

केलरिक के इन शब्दों ने एक बार फिर दार्ता पर जादू कर दिया। उसके दिल में केलरिक के लिए स्नेह जाग उठा। उसने केलरिक से वायदा किया कि वह बार-बार उससे मिलने आता रहेगा।

लेडी केलरिक से हुई पहली मुलाक़ात ने दार्ता पर ऐसा असर किया कि वह जब तब ऐथोस, अरामिस और पार्थस से उसकी तारीफ़ करने लगा और केलरिक से जल्द मुलाक़ातों के बारे में सोचने लगा। उसके साथियों ने उसे एक बार फिर आगाह किया। ऐथोस ने उसे यह भी बताया कि जिस लेडी केलरिक को तुम भरोसेमन्द और भली मान रहे हो, वह दरअसल प्रधानमन्त्री की जासूस है और कुछ छिपे दुश्मनों के लिए काम करती है। दार्ता को ऐथोस की बातों पर विश्वास न था। वह लेडी केलरिक से बराबर मिलता रहा। यहां तक कि उससे ढेरों बातें करने लगा। लेडी केलरिक खामोशी के साथ दार्ता को हर मामले में बढ़ावा देती जा रही थी, लेकिन दोनों के बीच बढ़ते मेल-मिलाप से एक तरफ उसके फ़ौजी दोस्त चिन्तित और नाराज़ थे, तो वहीं लेडी केलरिक की नौकरानी केटी भी दार्ता को उसके चंगुल से बचाना चाहती थी। वह पहले दिन से ही दार्ता को पसन्द करने लगी थी और उसको

बहुत कुछ बताना चाहती थी, लेकिन उसे जिस मौक़े की तलाश थी, वह मिल नहीं पा रहा था।

एक दिन केटी को दार्ता के पास आने और उसे सब कुछ बताने का मौक़ा मिल ही गया। उस दिन दार्ता जब लेडी केलरिक से मिलने पहुंचा, तो वह हवेली में नहीं थी। दार्ता केलरिक के आने का इन्तज़ार करने लगा। तभी जलपान लेकर सामने आई केटी ने उसे सब बताने का फ़ेसला कर लिया। केटी ने दार्ता से कहा, "आपसे मैं कुछ कहना चाहती हूं।" पहली बार केटी को इस तरह से बोलते देख दार्ता चौंक पड़ा। उसने फ़ौरन उसे बात करने की इजाज़त दे दी।

केटी ने राज़ खोला, "लेडी केलरिक तुम्हारी हत्या की साज़िश कर रही है। इसके लिए उसने एक सरदार से सौदा किया है।"

दार्ता को केटी की बात पर ज़रा भी भरोसा नहीं हुआ। वह उसकी इस बात से नाराज़ हो गया। दार्ता बोला, "तुम जैसी औरतों की सच्चाई को मैं अच्छी तरह से जानता हूं। अपने बस में करने के लिए तुम केलरिक पर झूठे आरोप लगा रही हो।"

केटी ने नाराज़ हुए बग़ैर शान्त भाव से कहा, "मुझे मालूम था कि एक नौकरानी की बातों पर आप बिल्कुल भी भरोसा नहीं करेंगे, लेकिन मेरे पास जो सबूत हैं, वे आपकी आंखें खोलने और हत्या की साज़िश का पर्दाफ़ाश करने के लिए काफ़ी हैं।" यह कहते हुए केटी ने दार्ता को केलरिक के हाथों लिखा एक पत्र दिखाया, जिसमें उसने एक सरदार को लिखा था–तुम मेरे स्वामी हो, इसलिए तुम्हारी हर आज्ञा मानना मेरे जीवन का दायित्व है। तुम्हारे आदेश का पालन करते हुए मैंने उस लड़के को अपने क़ाबू में कर लिया है, जिसकी तुम्हें तलाश थी। वह अक्सर मुझसे मिलने आने लगा है। मौक़ा मिलते ही मैं तुम्हें उसके आने की सूचना दे दूंगी, ताकि तुम उसका काम तमाम कर सको।

ख़त पढ़ने के बाद दार्ता के होश उड़ गए। वह सपने में भी नहीं सोच सकता था कि जिस विधवा को वह इतना समझने लगा है और जिसे वह हर तरह से उसका भला चाहने वाली मानता है, वही उसकी हत्या की साज़िश रच रही है।

तभी केटी ने खिड़की से देखा कि लेडी केलरिक एक घोड़ागाड़ी से उतरकर हवेली में दाख़िल हो रही है। उसने दार्ता को छिप जाने के लिए कहा। दार्ता ने यही किया। वह केलरिक के असली रूप को जानना चाहता था।

इसी बीच केलरिक बैठक में आई। आते ही उसने आवाज़ दी, "केटी...! केटी...! कहां मर गई है तू?"

केटी ने मालकिन को पानी देते हुए कहा, "कहिए मालकिन?"

केलरिक ने पूछा, "क्या दार्ता आया था?"

केटी ने कहा, "नहीं।"

केलरिक बड़बड़ाने लगी, "रोज़ तो इस वक़्त आ जाता है। सोचता है कि मैं उस बेवक़ूफ़ को पसन्द करती हूं। मैं तो उससे नफ़रत करती हूं। उसे सिर्फ़ एक शर्त पर पसन्द कर सकती थी कि उसने लार्ड विंटर को उस दिन तलवारबाज़ी में हराने के बाद मार दिया होता।"

केलरिक के मुंह से यह बात निकलते ही केटी ने उससे कहा, "मालकिन, आप साहब के बारे में ऐसा क्यों कर रही हैं? आपका यह कहना अच्छा नहीं लगता।"

केटी की इस बात से केलरिक आगबबूला हो उठी। वह कहने लगी, "मैं क्या कहती हूं, क्या करती हूं, तुझे इस बात से मतलब नहीं होना चाहिए।...और सुन, अगर तू विधवा होती और किसी के घर में पल रही होती, तो तेरे मन में भी ऐसे ही विचार आते, जो मैं सोच रही हूं। आख़िर मैं कब तक विंटर के इशारों पर नाचती रहूंगी। मैं

चाहती हूं कि यह सब मेरा अपना हो। इसलिए विंटर को भी मैं रास्ते से हटाना चाहती हूं। अगर यह सब मुझे मिलेगा, तो मैं इसका सुख तुझे भी दूंगी।”

दार्ता को केलरिक के मुंह से निकलने वाली इन बातों पर विश्वास नहीं हो रहा था, लेकिन वह अब सारी सच्चाई जान चुका था। उसे बड़ा झटका लगा था।

तभी लेडी केलरिक ने केटी से पूछा, “मैंने तुम्हें जो ख़त सरदार को पहुंचाने के लिए दिया था, क्या तुमने उसे ठीक-ठीक पहुंचा दिया है?”

दार्ता जानता था कि अब यह ख़त उसके पास है। तभी उसे केटी की आवाज़ सुनाई दी, “हां, मालकिन।”

# आठ

दार्ता सोच रहा था कि वह उसकी जान की सलामती चाहने वाली केटी का किस तरह से शुक्रिया अदा करे। सचमुच अगर केटी उसे केलरिक की सच्चाई न बताती, तो वह उसके जाल में फंसकर किसी दिन बेमौत मारा जाता। जब उसने फ़ौजी तिकड़ी को यह बात बताई, तो उन्हें बहुत हैरानी नहीं हुई। उन्होंने एक बार फिर दार्ता को संभलकर रहने की चेतावनी ज़रूर दे दी, पर सूरमा दार्ता ख़तरों से खेलने का आदी था। उसके दिमाग़ में एक और योजना घूमने लगी। केटी ने उसे जो चिट्ठी दी थी, उससे इस बात का पता चल चुका था कि लेडी केलरिक ने किस दिन उसकी हत्या की साज़िश रची है। दार्ता ने सोचा कि क्यों न उसी दिन वह यह राज़ केलरिक के सामने खोल दे कि उसे सारी साज़िश का पता चल चुका है।

आख़िर वह दिन आ ही गया। दार्ता ने केटी को अपनी योजना बताई और उससे मदद की मांग की। केटी ख़ुशी-ख़ुशी उसका साथ देने को राज़ी हो गई। दार्ता उसके बताए स्थान पर हवेली में जा छिपा। ठीक समय पर केलरिक ने केटी को आवाज़ दी। उसके आने पर केलरिक ने उससे पूछा, “दार्ता आज यहां किस वक़्त आने वाला है?”

केटी ने कहा, “मुझे मालूम नहीं मालकिन।”

केलरिक ने कहा, “अगर मालूम नहीं, तो उसके बारे में किसी और

नौकर को भेजकर पता लगाओ। कहो कि मैंने उसे जल्दी बुलाया है। आज उसका आना बहुत ज़रूरी है, वरना सारी योजना पर पानी फिर जाएगा।"

केटी केलरिक का मतलब समझ चुकी थी, लेकिन वह उसकी बात मानने को मजबूर थी। इसी बीच केलरिक हवेली के मुख्य दरवाज़े पर नज़रें गड़ाए उसी अनजाने सरदार का बड़ी बेचैनी से इन्तज़ार कर रही थी। दार्ता को उसके सामने प्रकट होने का यही अच्छा मौक़ा लगा। वह अचानक लेडी केलरिक के सामने आ खड़ा हुआ। दार्ता को इस तरह अचानक सामने देखकर केलरिक चौंक गई। वह समझ नहीं पा रही थी कि दार्ता को क्या कहे। उसने अपने आप को संभालते हुए आख़िर कहा, "अरे, दार्ता, तुम...? मैं तुम्हारा ही इन्तज़ार कर रही थी...कितनी देर कर दी तुमने आने में...मेरी तो जान ही निकली जा रही थी। आओ, बैठो,...कहो क्या लोगे? केटी...! केटी...! देखो तो... सुनो,...दार्ता साहब आ गए हैं। ज़रा इनके लिए कुछ ले आना।"

दार्ता केलरिक के छल को समझ चुका था। पहले तो वह मुस्कराया, फिर बोला, "तो तुम अपने दोस्तों को खिला-पिलाकर जान से मारती हो।"

दार्ता के इस ताने पर केलरिक सकपका गई। उसने कहा, "क्या कहा...? मैं भला ऐसा क्यों सोचूं...? मरे तुम्हारे दुश्मन...। तुम तो मेरा भला चाहने वाले हो।"

दार्ता तेवर बदलकर बोला, "तो वह कौन है, जिसका आज तुम्हें मेरे लिए इन्तज़ार है?"

"कौन...? किसका...? मुझे तो सिर्फ़ तुम्हारा ही इन्तज़ार था...।" लेडी केलरिक यह कहते हुए जब दार्ता की तरफ बढ़ी, तो उसने वह चिट्ठी उसे दिखाई, जिसमें अनजान सरदार के नाम केलरिक का सन्देश

था कि वह दार्ता की हत्या करने उसके घर तय की हुई तारीख़ को आ सकता है।

दार्ता बोला, "तुम्हारी सच्चाई यही है कि आज तुम मेरी नहीं, उस सरदार की राह देख रही थीं, जिसे आज मेरी हत्या के लिए यहां आना है।...यह बात और है कि यह ख़त किसी तरह मुझे मिल गया और तुम्हारे चेहरे से झूठ का पर्दा हट गया। तुम मेरी भलाई नहीं, बल्कि मेरी मौत का सौदा कर रही थीं।"

केलरिक को समझते देर न लगी कि दार्ता अब उसे छोड़ने वाला नहीं है। इसी बात को समझकर वह ज़ोर-ज़ोर से चिल्लाने लगी। दार्ता उसे चुप कराना चाहता था, ताकि वह बात बिगड़ने से पहले उस अनजान सरदार के बारे में जान सके। इस बीच केलरिक ने मेज़ पर पड़ी एक छुरी उठा ली और दार्ता पर वार करने के लिए झपटी। दार्ता ने तलवार खींचते हुए कहा, "नादान औरत, होश में आओ...वरना मेरा एक ही वार तुम्हारे जीवन को यहीं समाप्त कर सकता है। तुम एक औरत हो और इसलिए मैं तुम पर हमला नहीं करना चाहता।"

दार्ता की इस धमकी के बीच लेडी केलरिक वहां पहुंचे दो नौकरों के साथ हवेली के भीतर दौड़कर चली गई। दार्ता ने उस वक़्त वहां से निकल जाना ही ठीक समझा, लेकिन हवेली से बाहर जाते समय वह अब भी उस अनजान सरदार के बारे में सोच रहा था। कौन हो सकता है वह सरदार?

# नौ

लेडी केलरिक के साथ इस आख़री मुलाक़ात के बाद कुछ दिन बीत गए। दार्ता अभी भी इस बात की उलझन में था कि लेडी केलरिक के अलावा वह दूसरा आदमी कौन है, जो उसकी हत्या करना चाहता है। उसे यह भी लग रहा था कि लेडी केलरिक का राज़ खुल जाने के बाद अब वह कभी भी उसकी हत्या की साज़िश नहीं रचेगी और एक-न-एक दिन अपनी ग़लती मानकर उसे अनजान सरदार के बारे में बता ही देगी, पर दार्ता का यह सोचना क्या सही था?

अचानक हालात बदले और मस्यो त्रिवेल के साथ दार्ता को युद्ध पर जाना पड़ा। उन दिनों फ्रांस के साथ इंग्लैंड का युद्ध चल रहा था और फ्रांस इंग्लैंड से लगभग सभी बन्दरगाह वापस ले चुका था, लेकिन रोचल एक ऐसा बन्दरगाह था, जिस पर अभी भी अंग्रेज़ों का क़ब्ज़ा था। यही वह बन्दरगाह था, जिसके द्वारा वह फ्रांस में घुस सकता था। कार्डिनल ने इसी रोचल बन्दरगाह को घेरने की रणनीति बना रखी थी, ताकि दुश्मन को फ्रांस में आने से रोका जा सके। फ्रांस की सेना पर अंग्रेज़ों की सेना हर दिन हमले कर उसे पीछे धकेलने और हराने की जी तोड़ कोशिशें कर रही थी। फ्रांस की सैन्य टुकड़ियां सन्त मार्टिन और लाप्रि नाम के दो क़िलों में सुरक्षित थीं।

अंग्रेज़ सेना अब इन क़िलों को ही घेरने की कोशिश में जुट गई

थी। जब तक दार्ता अपनी फ़ौजी टुकड़ी के पास रोचल बन्दरगाह के मैदान में पहुंचा, तब तक अंग्रेज़ों की सेना एक क़िले को घेर चुकी थी। यह बात फ्रांस के लिए बेहद ख़तरे वाली थी और उन्हें किसी हाल में अपना क़िला बचाए रखना ज़रूरी था। इसी बात को लेकर चौकसी और सेना का हौसला बनाए रखने के लिए आर्लियंस के ड्यूक ने फ्रांस की सेना की जांच-पड़ताल की, जिसमें सेनानायक ने ड्यूक को दार्ता का परिचय दिया। बाद में ड्यूक ने दार्ता को अलग से बुलाया और उसे दुश्मन की घेराबन्दी के बारे में गुप्त जानकारियां जुटाने का चुनौती भरा काम सौंप दिया। दार्ता शिविर में पहुंच गया। वहां सेनानायक ने उससे कहा, "तुम बहादुर आदमी हो। इसीलिए तुम्हें इतना बड़ा काम सौंपा जा रहा है।" और सेनानायक ने सारी रणनीति उसे समझा दी। दार्ता खुशी से झूम उठा।

दार्ता इस चुनौती को पाकर बेहद ख़ुश हुआ। उसने अंग्रेज़ों के ख़ेमे में घुसपैठ की अपनी योजना तैयार की और अपने चार साथियों के साथ दुश्मन के इलाक़े में कूच कर दिया। दार्ता ने अपने साथ चल रहे चार सिपाहियों में से दो को आगे और दो को पीछे चलने के लिए कहा। कुछ दूर चलने के बाद उसने देखा कि उसके पीछे आने वाले साथी अचानक ग़ायब हो गए हैं। दार्ता को लगा, शायद उसके दोनों साथी दुश्मन की गोली का शिकार हो गए हैं, लेकिन वह बिना घबराए आगे बढ़ता रहा और आख़िर उसके सामने चल रहे दो साथियों के साथ वह अंग्रेज़ों के ख़ेमे के मुख्य द्वार तक जा पहुंचा। उन्हें लग रहा था कि वे आसानी से अन्दर पहुंच जाएंगे, लेकिन अचानक आसपास से गोलियां चलने लगीं। यह देखकर दार्ता के सिपाही एक बड़े टीले की आड़ में छिप गए और उसके इशारे की प्रतीक्षा करने लगे। दार्ता पहले ही अपने दो साथियों को खो चुका था, इसलिए उसने फ़िलहाल

आगे बढ़ने के इरादे को रोककर दोनों सैनिकों को वापस आने के लिए कहा। वे पूरे बचाव के साथ पीछे लौटने लगे, लेकिन अचानक गोलियां चलीं और दोनों सैनिक वहीं ढेर हो गए। दार्ता उनके गिरते ही गोलियों की दिशा का पता करने लगा। उसे यह जानकर आश्चर्य हुआ कि गोलियां दुश्मन के ख़ेमे से नहीं, बल्कि पीछे से आ रही थीं। तभी उसके सिर पर से एक गोली गुज़र गई और वह तेज़ी से ऐसे नीचे गिर गया, जैसे सचमुच उसे गोली लगी हो। वह सांसें थामे पीछे की ओर से आते अपने ही सैनिकों की आवाज़ें सुन रहा था। ये वही सैनिक थे, जिन्हें दार्ता ने पीछे आने के लिए कहा था। उनमें से एक बोला, "चलो, अच्छा हुआ, दार्ता मारा गया। अब हम लौटकर अपने सेनापति को कह देंगे कि दार्ता दुश्मन की गोली का शिकार हो गया।"

दार्ता उनकी यह बात सुनते ही बन्दूक तानकर खड़ा हो गया। उसे अचानक इस तरह से देखकर दोनों सिपाही चौंक गए और पीछे के बजाए सामने दुश्मन के ख़ेमे की तरफ भागने लगे, पर पहले ही चौकन्ने दुश्मनों की गोलियां एक सैनिक को जा लगीं, जब कि दूसरा आगे बढ़ने का साहस न कर सका। उसे दार्ता ने बड़ी चालाकी से धर दबोचा। उसने जब उस सैनिक को देश से दगाबाज़ी के लिए जान से मारने की बात कही, तो वह बताने लगा, "इसमें मेरा क़सूर बिल्कुल भी नहीं है। उस सिपाही ने ही मुझे भड़काया था, उसे तुम्हारी हत्या के लिए किसी अंग्रेज़ औरत ने ही ढेर सारे रुपए दिए थे। उसने यह भी कहा था कि हत्या के बाद तुम्हें और भी इनाम दिया जाएगा।"

अपनी जान की ख़ैर मांगने वाला मांट नाम का वह सिपाही अपनी भूल पर दार्ता के पैरों में अपनी नाक रगड़ रहा था। मांट के आंसुओं और उसकी प्रार्थना को देखकर दार्ता का दिल पसीज गया। उसने इस शर्त पर उसे माफ़ी दे दी कि आगे से वह अब कोई भी ग़लती

नहीं करेगा, वरना उसका सिर क़लम कर दिया जाएगा। दार्ता के जान बख़्शने पर मांट बहुत ख़ुश हुआ और उसका भक्त बन गया। बाद में उन दोनों ने अंग्रेज़ों के ख़ेमे की हलचल की कुछ ठोस और गुप्त जानकारियां प्राप्त करके राजा के भाई ड्यूक ऑफ़ आर्लियंस को दे दीं। इस पर उन्होंने दार्ता के कारनामे की जमकर तारीफ़ की और उसे ढेर सारा इनाम देने की बात भी कह डाली। दार्ता मारे ख़ुशी के फूला नहीं समा रहा था।

# दस

युद्ध अभी भी जारी था और दार्ता को अपने फ़ौजी साथियों से मिले हुए कई दिन हो गए थे। एक दिन वह अपने ख़ेमे में बैठा आराम कर रहा था। तभी उसे किसी ने एक चिट्ठी लाकर दी। उस चिट्ठी में ऐथोस, अरामिस और पार्थस की बाबत लिखा था। उन तीनों की तरफ से यह चिट्ठी बॉडीगार्डों की सेना के एक रसोइये ने लिखी थी।

चिट्ठी में लिखा था—ऐथोस, अरामिस और पार्थस तीनों ही आपको बहुत याद करते हैं। युद्ध के दौरान कुछ ग़लतियों की वजह से उन्हें जेल जाना पड़ा है, लेकिन तुम्हारी तारीफ़ सुनकर तीनों ने तुम्हारे लिए ख़ास तोहफ़ा भेजा है।

रसोइये के माध्यम से लिखी गई अपने दोस्तों की चिट्ठी और तोहफ़ा पाकर दार्ता बेहद खुश हुआ। उसने उस ख़ुशी में एक दावत दे डाली। इस दावत के लिए फ़ंलाशे और मांट ने मिलकर बड़ा ही शानदार इन्तज़ाम किया। दार्ता ने अपने तीनों दोस्तों का नाम लेकर जैसे ही तोहफ़ा खोलना शुरू किया, ठीक उसी वक़्त ऐथोस, अरामिस और पार्थस भी वहां आ गए।

तीनों को अचानक अपने सामने देखकर दार्ता चौंक पड़ा। उसने बड़ी गर्मजोशी से अपने प्यारे दोस्तों का स्वागत किया और बोला, "आओ दोस्तो, आओ, तुम सब बड़े सही वक़्त पर आए। आज मैंने तुम लोगों के तोहफ़े की ख़ुशी में दावत का इन्तज़ाम किया है।"

दार्ता के जोशीले स्वागत से ऐथोस, अरामिस और पार्थस ख़ुश तो हुए, लेकिन उन्हें तोहफ़े वाली बात कुछ समझ नहीं आई। वे तीनों एक-दूसरे को हैरानी से देखने लगे।

ऐथोस ने दार्ता से कहा, "कैसा तोहफ़ा दार्ता? हममें से किसी ने भी तुम्हें तोहफ़ा नहीं भेजा।"

अब दार्ता असमंजस में था। वह कहने लगा, "लेकिन तुम लोगों ने मुझे जो चिट्ठी भेजी है, उसमें तो यही लिखा है कि तुम लोगों ने यह प्यार-भरा तोहफ़ा भेजा है।"

अरामिस ने पूछा, "कैसी चिट्ठी ?"

"जो तुम लोगों ने जेल जाने के बाद मेरी याद में रसोइये से लिखवाई थी।" दार्ता ने कहा।

पार्थस ने उस चिट्ठी को देखकर कहा, "न तो इस चिट्ठी को हमने लिखवाया और न ही यह रसोइये की लिखावट है। ज़रूर तुम्हारे साथ कोई धोखा हुआ है।"

दार्ता की कुछ समझ में नहीं आया। उसे तीनों की बात पर अब भी विश्वास नहीं हो रहा था।

ऐथोस ने कहा, "रही बात हमारे जेल जाने की, तो हमें जेल पहुंचाने की हिम्मत किसमें है? हम भी तुम्हारी ही तरह यहां युद्ध के सिपाही बनकर आए हैं। तुम जानते हो कि बुरे समय में प्रधानमन्त्री कार्डिनल की सेना को मस्यो त्रिवेल की पलटन हर तरह की मदद दे रही है।"

अरामिस ने माहौल को बदलने के लिए कहा, "लेकिन हमें इससे क्या कि तोहफ़ा किसने भेजा? हमें तो इस बात से मतलब है कि तोहफ़ा हमारे पास है और दावत का कोई जवाब नहीं, तो क्यों न हम इसका मज़ा लें?"

दार्ता ने कहा, "चाहता तो मैं भी यही हूं, लेकिन पहले मैं अपने शक को दूर करना चाहता हूं।"

तभी दार्ता को फ़्लाशे और मांट के कराहने और तड़पने की आवाज़ें सुनाई दीं। वे तीनों तेज़ी से अन्दर वाले कमरे में गए जहां फ़्लाशे और मांट अन्तिम सांसें गिन रहे थे। उनके सामने ही पेय की दो बोतलें खुली पड़ी थीं और उनके गिलास भरे हुए थे। लगता था, एक-एक गिलास वे पी भी चुके थे।

दार्ता को अब यह बात समझते देर न लगी कि वह फिर एक ख़तरनाक साज़िश का शिकार होते-होते बचा है, लेकिन उसके दो प्यारे साथी मारे जा चुके थे। वह गुस्से से बिफर उठा। उसे इस बात का पूरा शक हो चुका था कि यह भी उसी चालाक अंग्रेज़ औरत की चाल है।

दार्ता ने उसके बाद सभी मेहमानों से इस घटना के लिए माफ़ी मांग ली और उनसे विदा चाही। सारे मेहमान चुपचाप चले गए। दार्ता अपने तीनों मित्रों के साथ बैठकर इस दुःख-भरी घटना और उस नीच स्त्री के बारे में सोच रहा था। आख़िर उन्होंने फ़ैसला किया कि अब वे लेडी केलरिक से मिलकर उसे सीधे ख़बरदार करेंगे और इस बात के लिए मजबूर कर देंगे कि वह फ़्रांस को छोड़कर चली जाए।

दार्ता को केलरिक के साथ हुई अपनी आख़री मुलाक़ात का ख़्याल आया। उसने सोचा, काश उस दिन वह उसे मारकर उसकी साज़िशों से आज़ाद हो गया होता!

# ग्यारह

प्रधानमन्त्री कार्डिनल ने रोचल में जिस युद्ध कौशल का पालन किया, उसकी सभी तारीफ़ कर रहे थे। उस वक़्त फ्रांस पर तेरहवें लुई का राज था और वह कार्डिनल के भारी प्रशंसक बन गए थे। इसकी वजह यह थी कि फ्रांस ने इंग्लैंड की सेना को रोचल के युद्ध में नाकों चने चबवा दिए थे। रोचल का घेरा जब टूट गया, तो अंग्रेज़ फ़ौज के सेनापति ड्यूक ऑफ बकिंघम इग्लैंड वापस चले गए।

कार्डिनल के लिए यह ख़बर जहां राहत देने वाली थी, वहीं वह ड्यूक की अगली लड़ाई के बारे में जानना चाहता था। वह जानता था कि जो कुछ इंग्लैंड के सेनापति के दिमाग़ में होगा, उसी योजना को इग्लैंड की सेना लड़ाई के मैदान में अमल में लाएगी, लेकिन इसका पता लगाना बहुत मुश्किल था और यह काम किसी चालाक दिमाग़ वाले जासूस से ही करवाया जा सकता था। कार्डिनल के दिमाग़ में अचानक एक विचार कौंधा।

इस विचार के आते ही कार्डिनल ने लेडी केलरिक से गुप्त मुलाक़ात की। वह लेडी की चतुराई और चालाकी-भरे दुस्साहस को खूब जानते थे और कई मौक़ों पर उसे फुसलाकर उसका भरपूर उपयोग कर चुके थे। कार्डिनल ने इस बार लेडी केलरिक को इंग्लैंड के सेनापति को अपने बस में करने की ज़िम्मेदारी सौंपी और साथ ही यह पता लगाने

के लिए कहा कि फ्रांस के ख़िलाफ़ अंग्रेज़ों की युद्ध की नीति क्या होगी? लेडी केलरिक अंग्रेज़ थी और कई बार इंग्लैंड की यात्रा कर चुकी थी। उसके लिए यह काम अधिक मुश्किल नहीं था। वह जानती थी कि अपने रूप-जाल और कुटिल चालों से वह जल्दी ही कामयाबी प्राप्त कर लेगी।

जोखिम भरे इस काम के लिए लेडी केलरिक के हामी भरते ही प्रधानमन्त्री कार्डिनल ने उसे चुपचाप इंग्लैंड पहुंचाने का प्रबन्ध कर दिया। अब लेडी केलरिक रातों-रात एक नए जासूसी अभियान पर निकल चुकी थी, इस बात से बेख़बर कि उसकी इस ख़ामोश कार्यवाही पर भी किसी की नज़र है।

# बारह

लेडी केलरिक जिस जहाज़ में सफ़र कर रही थी, वह इग्लैंड के पोर्ट स्माउथ नामक बन्दरगाह पर जा पहुंचा था। केलरिक जहाज़ की छत पर आराम कर ही थी। तभी उसकी नज़र बन्दरगाह में एक भीड़-भाड़ वाले जलसे पर पड़ी। यहां कुछ नए जहाज़ों को पानी में पहली बार उतारने का जलसा चल रहा था। इसमें ड्यूक ऑफ़ इंग्लैंड स्वयं उपस्थित थे। लेडी केलरिक को तो जैसे इंग्लैंड की ज़मीन पर पहुंचते ही मुंह मांगी चीज़ मिल गई। उसने इसी जलसे के जरिए सेनापति तक पहुंचने का मन बनाया और फ़ौरन एक नाव में बैठकर जलसे तक पहुंचने के लिए निकल पड़ी।

तट पर पहुंचते ही उसका एक आदमी ने स्वागत किया। लेडी केलरिक इस अजनबी को नहीं जानती थी। वह हैरानी में थी। तभी उस आदमी ने एक घोड़ागाड़ी के कोचवान को इशारा किया, जिसमें उसे बैठा दिया गया। यह सब इतनी तेज़ी से हुआ कि लेडी केलरिक कुछ समझ न सकी।

लेडी के घोड़ागाड़ी में बैठते ही उस अजनबी ने कहा, “मैडम, आप चिन्ता न करें। आपको जहां जाना है, हम उसी ओर ले जा रहे हैं।”

लेडी केलरिक ने आश्चर्य से कहा, “मुझे जिस आदमी से मिलना है, वह और कहीं नहीं, इसी बन्दरगाह पर मौजूद है।”

अजनबी बोला, "उन्हीं के कहने पर आपको मैं उनसे मिलने के स्थान पर ले जा रहा हूं।"

लेडी केलरिक अब भी उलझन में थी। वह नहीं समझ पा रही थी कि जो कुछ भी हो रहा है, वह उसकी भलाई के लिए है या उसका कुछ बुरा होने वाला है। तुरन्त उसे ख़्याल आया कि हो सकता है, यह कार्डिनल का ही कोई आदमी हो, जो उसकी मदद के लिए यहां आया हो।

जैसे-जैसे घोड़ागाड़ी तेज़ रफ़्तार से अनजाने रास्ते पर दौड़ रही थी, उसके विचार भी उतनी ही रफ़्तार से उसे बेचैन कर रहे थे। साथ बैठा अजनबी बिना बात किए उसे रहस्यमय नज़रों से घूरे जा रहा था। अचानक लेडी केलरिक ने घोड़ागाड़ी से कूदने का ज़ोरदार प्रयत्न किया।

लेकिन इससे पहले कि वह उस सुनसान रास्ते पर गिर पड़ती, अजनबी ने उसे ऐसा करने से रोका। लेडी केलरिक को लगने लगा कि दूसरों को अपने जाल में क़ैद करने वाली जादूगरनी अब ख़ुद शिकार बन चुकी है। उसे चारों तरफ अंधेरा-ही-अंधेरा नज़र आने लगा।

कुछ ही देर में घोड़ागाड़ी एक खंडहरनुमा महल के सामने जाकर रुक गई और उस अजनबी ने डरी हुई केलरिक को खंडहर के भीतर चलने का आदेश दिया।

केलरिक भारी क़दमों से अन्दर पहुंची। यहां आकर उसे लगा कि यह कोई बड़ा क़ैदख़ाना है।

मकड़ियों के जालों और चमगादड़ों से भरे खंडहर में अचानक लेडी केलरिक की आवाज़ गूंजी, "मुझे क्यों लाए हो तुम यहां...? किसके इशारे पर लाए हो...? बोलो, जवाब दो! मुझे यहां से वापस ले चलो...! मैं यहां एक पल भी नहीं रह सकती...।"

लेडी केलरिक की आवाज़ की गूंज के बाद उसे एक जानी-पहचानी पदचाप की आहट सुनाई दी। उस आदमी के सामने आते ही अजनबी वहां से बाहर निकल गया। हक्की-बक्की लेडी केलरिक के मुंह से निकला, "भाई साहब,...आप...! आपने ही मुझे यहां बुलाया है...? लेकिन आपको यह कैसे पता चला कि मैं...!"

यह कोई और नहीं लेडी केलरिक का जेठ लार्ड विंटर था, जो उसकी सारी चालबाज़ियां जान चुका था। लार्ड विंटर ने कहा, "हां, मैंने ही तुम्हें यहां बुला भेजा है। तुम्हारी हर चाल पर मेरी नज़र थी और मेरे आदमी तुम्हारा पीछा कर रहे थे। यह पुराना क़िला मेरा ही है।"

केलरिक ने डरते हुए कहा, "भाई साहब, क्या आप मुझे क़ैद करने जा रहे हैं...? नहीं, ऐसा नहीं हो सकता।...क्या आपको ऐसा करना अच्छा लगेगा...?"

लार्ड विंटर ने ठहाका लगाया और फिर गुस्से से बोला, "तुम अच्छी तरह से जानती हो कि मेरा यह तरीक़ा मेरी हैसियत जैसा नहीं है, लेकिन तुम यह भी जानती हो कि तुमने ही मुझे इसके लिए मजबूर किया है। तुम मेरे भाई की सारी जायदाद हड़पने के बाद अब मेरी जायदाद पर अपनी गन्दी नज़रें डाल रही हो और किसी भी तरह मेरी जायदाद की अकेली वारिस बनना चाहती हो। मुझे यह भी मालूम है कि तुम इस ख़्याल को पूरा करने के लिए क्या कुछ कर सकती हो?"

लेडी केलरिक ने कहा, "भाई साहब, मेरे बारे में जो कुछ आप कह रहे हैं, वह झूठ है। मैं भला आपके बारे में ऐसा कैसे सोच सकती हूं?"

लार्ड विंटर ने मुस्कराकर कहा, "केलरिक, तुम कहने को जो चाहे कह सकती हो। रिश्ते की दुहाई दे सकती हो, लेकिन मैं तुम्हारी असलियत जान चुका हूं। भले ही तुम मेरी हत्या की साज़िश में

कामयाब हो जाओ, लेकिन अब तुम्हें मेरे हिस्से की एक फूटी कौड़ी भी नहीं मिलेगी। मैंने तुम्हारे मित्र कार्डिनल को भी ख़त्म करने की भी ठान ली है, जिसके साथ मिलकर तुम अब तक कई साज़िश रचती रही हो। मैं कार्डिनल से युद्ध के लिए रोचल जाऊंगा, लेकिन उससे पहले तुम्हें किसी ऐसे वीरान टापू में क़ैद कर दूंगा, जहां तुम्हें मौत की परछाइयां महसूस होती रहेंगी।"

लेडी केलरिक अपने किए पर अन्दर-ही-अन्दर पछता रही थी और अपने हश्र के डर से घबराई हुई थी।

तभी लार्ड विंटर ने क़िले के पहरेदार फ़ेल्टन को आदेश दिया, "इस ख़तरनाक औरत को अपनी सख़्त क़ैद में रखना। याद रखना, यह बहुत चालाक है। इसके जाल से बचके रहना। अगर यह भागने की कोशिश करे, तो गोली चलाने से भी मत डरना।"

फ़ेल्टन के हां कहते ही लार्ड विंटर वहां से चल दिया। जाते-जाते उसने केलरिक से कहा, "अब अपनी बुराइयों और भलाइयों का हिसाब-किताब जोड़कर भगवान का नाम लो, वही तुम्हें बचा सकता है।"

# तेरह

लेडी केलरिक को अपने साथ घटी इस अनहोनी पर कुछ सूझ ही नहीं रहा था। इसी उधेड़-बुन में तीन दिन निकल चुके थे। वह उस भुतहा महल में जैसे-तैसे अपने दिन गुज़ार रही थी। अचानक उसके तेज़ और चालाक दिमाग़ ने काम करना शुरू कर दिया। उसके मन में जो पहला विचार आया, वह अनोखा था। वह उसे सही तरह से अंजाम दे पाती, तो उस विचार का कोई तोड़ ही नहीं था।

वह जानती थी कि धर्म की अफ़ीम का नशा हमेशा आदमी पर अचूक वार करता है और उसका इस्तेमाल वक़्त ज़रूरत किया जा सकता है। उसकी पहरेदारी में जुटा फ़ेल्टन अब इसी अफ़ीम का शिकार होने वाला था। लेडी केलरिक ने पता लगा लिया था कि वह एक शुद्ध धार्मिक व्यक्ति है।

लेडी केलरिक ने उसे अपने बस में करने के लिए ख़ुद को भी धार्मिक दिखाने का नाटक शुरू कर दिया। उसने भी अपनी दिनचर्या और रहन-सहन को इस तरह से कर लिया, जैसे वह कट्टर रूप से धर्म पर चलने वाली हो। इसका असर फ़ेल्टन पर जल्द ही दिखाई देने लगा। वह उसके साथ पहले से ज़्यादा नर्मी के साथ पेश आने लगा। लेडी केलरिक जानती थी कि इस तरह के धार्मिक लोग बकिंघम के ड्यूक और उनके लोगों के लिए लगाव नहीं रखते।

जब सख़्ती की बर्फ़ कुछ और पिघली, तो केलरिक ने अपनी जादूगरी का जाल फ़ेल्टन पर फेंक ही दिया। वह उसके सामने रो पड़ी और रोते-रोते कहने लगी, "मेरे साथ जो कुछ हो रहा है, वह मेरे धार्मिक होने की वजह से ही हो रहा है। लार्ड विंटर ड्यूक के कहने पर ही मेरे साथ ज़ुल्म कर रहे हैं। अब मुझे किसी सुनसान टापू पर पहुंचाने वाले हैं। एक कमज़ोर धार्मिक औरत सारे अत्याचार सहने के अलावा और कर भी क्या सकती है? अब तो शायद ऊपर वाला ही मेरी रक्षा के लिए किसी को भेजेगा?"

फ़ेल्टन ने जब एक सुन्दर और उसी की तरह धर्म को मानने वाली स्त्री को अपने सामने इस तरह से रोते देखा, तो वह बड़ा दुखी हो गया। उसे ड्यूक से नफ़रत होने लगी। अन्दर-ही-अन्दर वह सोचने लगा कि इस कमज़ोर औरत की ज़रूर मदद करेगा?

अगले दिन लार्ड विंटर का महल में आना हुआ। उसने लेडी केलरिक को हुक्म सुनाते हुए कहा, "तुम्हें इंग्लैंड से एक हज़ार किलोमीटर दूर एक वीरान टापू में बाक़ी जीवन बिताने के लिए भेजने का फ़ेसला किया है। इसके लिए तुम्हें तैयार रहना चाहिए। समय आने पर तुम्हें उस टापू पर भेज दिया जाएगा।"

यह कहने के बाद लार्ड विंटर ने एक बार फिर केलरिक की चौकसी की जांच की और वहां से लौट गया, परन्तु वह नहीं जानता था कि लेडी केलरिक की चाल का फ़ेल्टन शिकार हो चुका था।

फ़ेल्टन ने लेडी केलरिक को एक धार्मिक स्त्री होने के नाते यहां से निकल भागने में हर तरह की मदद देने का वायदा कर लिया था।

फ़ेल्टन ने बड़ी बारीकी से लेडी केलरिक के निकल भागने की योजना तैयार की। उसने केलरिक के महल से निकलने से लेकर समुद्र तट पहुंचने और वहां से पोर्ट स्माउथ बन्दरगाह से फ्रांस जाने तक

SEA

अच्छी तरह बन्दोबस्त कर दिया। आख़िर वह दिन आ ही गया, जब मूसलाधार बारिश के कारण फ़ेल्टन लेडी केलरिक को जंगल के रास्ते समुद्र तट तक ले जाने में कामयाब हो गया। समुद्र के किनारे उसने तीन सीटियां बजाईं, तो वहां कुछ नाविक एक नाव लेकर हाज़िर हुए। इस नाव से वे समुद्र के बीचो-बीच खड़े एक जहाज़ के पास पहुंचे।

फ़ेल्टन ने यहां जहाज़ के कप्तान से कुछ देर बातें की। उसने कहा, "यही वह धार्मिक स्त्री है, जिसे तुम्हें फ्रांस तक ले जाना है। इसे ले जाने के लिए मैं तुम्हें पांच सौ मोहरें पहले ही दे चुका हूं। बाक़ी की मोहरें फ्रांस में दे दी जाएंगी।"

लेडी केलरिक ने कप्तान से कहा, "अगर तुम मुझे बिना किसी परेशानी के फ्रांस पहुंचा दोगे, तो मैं बाक़ी की पांच सौ मोहरों की जगह एक हज़ार मोहरे दूंगी।"

कप्तान ख़ुशी से राज़ी हो गया और उसने जहाज़ से रस्सी वाली सीढ़ी लटका दी, जिसे पकड़कर लेडी केलरिक जहाज़ के भीतर चली गई।

उसके साथ ही फ़ेल्टन भी जहाज़ पर चढ़ा। उसे लार्ड विंटर के काम से पोर्ट स्माउथ बन्दरगाह पर उतरने के बाद ड्यूक से मिलने जाना था। दरअसल लार्ड विंटर ने ड्यूक के नाम एक पत्र लिखा था। इस पत्र में लेडी केलरिक के अपराध-भरे कारनामों का हवाला देते हुए उसे वीरान टापू में क़ैद किए जाने वाले हुक्मनामे को मंजूरी देने की बात कही गई थी।

जब यह बात फ़ेल्टन ने केलरिक को बताई, तो वह उससे आभार प्रकट किए बिना नहीं रह सकी। उसने फ़ेल्टन से कहा, "धर्म के लिए किए गए तुम्हारे इस महान कार्य को सदा याद किया जाएगा।"

केलरिक के इन शब्दों ने फ़ेल्टन पर अमृत जैसा काम किया। वह

बोला, "कोई और होता, तो मैं यह कभी न करता, लेकिन एक धर्म बहन के लिए जान देकर भी यह करना मेरा कर्तव्य था।"

पोर्ट स्माउथ बन्दरगाह के पास आते ही फ़ेल्टन जहाज़ से उतर गया। जाते वक़्त उसने केलरिक से वायदा किया कि वह समय मिलने पर उसके पास फ़्रांस ज़रूर आएगा।

लेडी केलरिक ने उससे कहा, "याद रखना, धर्म के लिए जो कुछ तुम कर रहे हो और आगे जो कुछ करोगे, वही तुम्हें सत्य के मार्ग पर ले जाएगा।"

अब फ़ेल्टन एक नए इरादे के साथ ड्यूक से मिलने उसके महल की तरफ चल पड़ा।

# चौदह

बकिंघम के ड्यूक और लार्ड विंटर में बहुत पुराना परिचय था। इसलिए जैसे ही ड्यूक के दफ़्तर को यह सूचना मिली कि लार्ड विंटर का कोई आदमी ड्यूक से मिलना चाहता है, तो उसे फ़ौरन उनसे मिलने की अनुमति दे दी गई। फ़ेल्टन ने अन्दर जाकर ड्यूक का अभिवादन किया और फिर उसे लार्ड विंटर की चिट्ठी सौंप दी। ड्यूक ने लार्ड का पत्र ग़ौर से पढ़ना शुरू किया। लेकिन इसी बीच फ़ेल्टन के अन्दर बैठा धर्म का भूत जाग उठा। वह कहने लगा, "ड्यूक, आप इस पत्र को पढ़कर जिस आदेश पर हस्ताक्षर करेंगे, वह बहुत ग़लत होगा। मैं उस महिला को जानता हूं। लेडी केलरिक बहुत ही भली स्त्री हैं—पवित्र गुणों और विचारों वाली। उसे देश-निकाला देना ठीक नहीं। इस आदेश को रद्द कर दीजिए, वरना आपके इस निर्णय को लोग धर्म के मानने वालों के ख़िलाफ़ अत्याचार के रूप में देखेंगे।"

ड्यूक लार्ड विंटर के इस आदमी की अनावश्यक बातों पर झुंझला उठा था।

फ़ेल्टन अपनी धुन में बके जा रहा था, "महोदय, मेरा तो यही सोचना है कि आपको ऐसी भली धार्मिक महिला को क़ैद करने के बजाए उसे आज़ाद कर देना चाहिए। श्रीमान, आपको यह मेरी नेक सलाह है।"

ड्यूक भड़क उठा। उसने कहा, "नादान आदमी, तुम मुझे सलाह देने वाले हो कौन? क्या मैंने तुमसे इस मामले में कोई राय मांगी है? फिर तुम इस तरह मेरे काम में अपनी टांग क्यों अड़ा रहे हो?"

फ़ेल्टन भी जोश में आ गया। उसे लगा, ड्यूक वाक़ई धार्मिक लोगों के ख़िलाफ़ है। वह कहने लगा, "आपके शासन में लोगों पर ज़ुल्म हो रहा है। आप बेलगाम और अत्याचारी हो चुके हैं। बेक़सूरों को सताया जा रहा है। यह ठीक नहीं है। लेडी केलरिक तो बहुत ही अच्छी औरत है। उसे टापू पर अकेले भेजने की सज़ा सरासर ज़्यादती है।"

यह कहते-कहते फ़ेल्टन अपना आपा खो बैठा और जब तक ड्यूक संभलता, उसने छुरे से वार कर दिया। ड्यूक अचानक हमले में बुरी तरह घायल हो गया।

छुरे के वार से ड्यूक के पेट में गहरी चोट लगी और वह ज़ख़्मी होकर नीचे गिर पड़ा। ड्यूक के नीचे गिरते ही फ़ेल्टन पिछले रास्ते से भाग निकला। वह यह जानता था कि एक बहुत बड़ी ग़लती कर चुका है और अब भागकर कहीं नहीं जा सकेगा।

भागते-भागते फ़ेल्टन अभी कुछ ही दूर पहुंचा था कि लार्ड विंटर से टकरा गया। लार्ड विंटर को कुछ देर पहले ही पता चला था कि लेडी केलरिक भाग चुकी है। वह इस बात को लेकर बहुत परेशान था।

उधर लार्ड विंटर को देखकर फ़ेल्टन बेहद घबरा गया। विंटर ने देखा कि उसके कपड़ों और हाथों पर ख़ून लगा हुआ है। उसने फ़ेल्टन से पूछा, "तुम्हारे हाथों में ख़ून...! क्या बात है फ़ेल्टन?"

घबराए फ़ेल्टन ने विंटर को सारी बात बता दी। लार्ड विंटर फ़ेल्टन की बेवक़ूफ़ी से हक्का-बक्का रह गए। उन्होंने दुखी मन से कहा, "तुमने भारी भूल की है फ़ेल्टन, एक चालाक स्त्री के छल में आकर तुमने अपना ही नहीं, इंग्लैंड का बहुत बड़ा नुक़सान किया है। अब

तुम्हें तुम्हारे किए की सज़ा देने से कोई नहीं रोक सकता। तुम अपने जीवन के साथ महापाप कर चुके हो।"

लार्ड विंटर ने जानना चाहा कि आख़िर एक ईमानदार दरोग़ा इतना बड़ा बाग़ी कैसे बन गया? फ़ेल्टन ने इसका एक मात्र कारण धर्म को बताया। उसने कहा, "मुझे लगा, धर्म के मानने वालों के साथ अत्याचार हो रहा है और लेडी केलरिक भी ऐसी ही एक महिला है, सो मैं उसकी बातों में आ गया।"

लार्ड विंटर ने कहा, "धर्म तो केलरिक का महज़ एक दिखावा था फ़ेल्टन, वह तो तुम्हें अपने जाल में फांसकर अपना काम निकालना चाहती थी, जो वह कर चुकी है।" लार्ड ने फ़ेल्टन को केलरिक के उन बुरे कारनामों की जानकारी दी, जिनकी वजह से वह उनके परिवार में भी मान-सम्मान खो चुकी थी।

फ़ेल्टन को अपने किए पर भारी पछतावा हो रहा था। वह लार्ड के क़दमों में गिर गया और सिर झुकाकर रोने लगा।

लेकिन लार्ड विंटर अब चाहकर भी उसके साथ हमदर्दी नहीं दिखा सकता था। जल्द ही उसे पता चला कि ड्यूक अब इस दुनिया में नहीं रहा। फ़ेल्टन को ड्यूक की हत्या के मामले में गिरफ़्तार कर लिया गया।

इस सारे मामले से बेहद दुखी लार्ड विंटर जल्द-से-जल्द लेडी केलरिक को खोज निकालना चाहता था। ऐसे ही वक़्त में उसे सूरमा दार्ता और उसके वीर सिपाहियों की याद आई। वह उनसे मिलने चल दिया।

# पन्द्रह

इंग्लैंड से फ्रांस पहुंचते ही लार्ड विंटर ने सबसे पहले दार्ता से मुलाक़ात की। दार्ता लेडी केलरिक के कारनामों को सुनकर भौचक रह गया। उसने लार्ड विंटर से कहा, "मैं कई दिनों से केलरिक की तलाश कर रहा हूं। वह मुझे कई बार मारने की साज़िश रच चुकी है। मुझे शक है कि वह मस्यो त्रिवेल से जुड़े लोगों के ख़िलाफ़ भी काम करती है। सच तो यह है कि मेरे मन में उसके लिए ढेर सम्मान था, लेकिन उसकी हरकतों ने यह सम्मान उससे छीनकर मुझमें नफ़रत भर दी है।"

लार्ड विंटर ने भी अपना दुख सुनाया, फिर वे दोनों ऐथोस से मिलने पहुंचे। ऐथोस तो जैसे अर्से से इसी दिन का इन्तज़ार कर रहा था। वह लेडी केलरिक का एक और शिकार था और सालों से अपने दुख को छिपाए बैठा था। वह भी केलरिक को ढूंढ निकालने और उसे उसके किए की सज़ा दिलाने के लिए चल पड़ा। उसने कहा, "हमारे साथ अरामिस और पार्थस तो होंगे ही, एक और आदमी भी चलेगा। यह आदमी कौन है, इसके बारे में वक़्त आने पर ख़ुद ही पता चल जाएगा।"

अगले ही दिन वे सभी मिलकर लेडी केलरिक को खोजने निकल पड़े। लार्ड विंटर ने उन्हें बताया कि केलरिक इन दिनों बेथून में कहीं छिपी हुई है। यह पता चलते ही सभी तैयार होकर बेथून की ओर चल दिए।

ऐथोस बेथून नगर से अच्छी तरह परिचित था। इसलिए पड़ाव डालने के बाद से ही वह ख़ुद इस खोज की अगुवाई करने लगा। बेहद ख़ामोशी से यह तलाश जारी रही। आख़िर तीसरे दिन ऐथोस ने एक मकान के आगे अपना घोड़ा रोक दिया। इस मकान के ऊपर वाले कमरे की खिड़की खुली थी। ऐथोस ने दार्ता को इस खिड़की की टोह लेने के लिए कहा। थोड़ी ही देर में दार्ता ने वहां लेडी केलरिक के मौजूद होने की बात पक्की कर दी। सभी ने उस मकान को घेर लिया। कमरे के भीतर केलरिक एक टेबल के पास बैठी थी। तभी पार्थस खिड़की से कमरे में कूदा। अचानक अपने कमरे में सिपाही को आया देखकर लेडी केलरिक दरवाज़े की तरफ भागी।

उसने जैसे ही दरवाज़ा खोला, सामने हाथ में तलवार लिए दार्ता खड़ा था। केलरिक को यह समझते देर नहीं लगी कि वह चारों तरफ से घिर गई है।

देखते-ही-देखते सभी सिपाही कमरे में आ धमके। केलरिक ने जैसे-तैसे हिम्मत जुटाकर पूछा, "कौन हो तुम लोग और मुझसे क्या चाहते हो?"

ऐथोस बोला, "ओहो, लगता है, अब तुम्हारी याददाश्त कमज़ोर हो चली है। तुम हममें से किसी को नहीं जानतीं?"

केलरिक ने कहा, "लेकिन तुम लोग यहां क्यों आए हो?"

ऐथोस ने कहा, "हम यहां तुम्हें ही खोजने आए हैं और अब तुम्हें ले जाएंगे।"

लार्ड विंटर ने कहा, "अब तुम पूछोगी कि हम लोगों को तुमसे क्या काम है?"

दार्ता बोला, "तुम्हें तुम्हारे काम याद न हों, तो वे भी हम ही बता देंगे।"

ऐथोस बोला, "घबराओ नहीं केलरिक, तुम्हें अपनी सफ़ाई देने का

पूरा मौक़ा दिया जाएगा, लेकिन पहले हम बताना चाहेंगे कि तुमने क्या कुछ किया है।"

लार्ड विंटर ने कहा, "यह एक चालबाज़ औरत है। मेरी जायदाद हड़पने के लिए मेरी हत्या करना चाहती है। इसी की वजह से मेरे भाई की छोटी-सी बीमारी के बाद बेहद रहस्यमय तरीक़े से मृत्यु हो गई। उसकी जायदाद पर यह पहले ही क़ब्ज़ा कर चुकी है। यही वह औरत है, जिसकी वजह से धर्म के नाम पर अन्धे होकर फ़ेल्टन नाम के एक आदमी ने इंग्लैंड के ड्यूक की हत्या कर दी। इसकी चालों का कोई अन्त नहीं है। अभी यह तो थोड़े से ही उदाहरण हैं।"

दार्ता ने कहा, "यही वह औरत है, जिसने युद्ध के मैदान में और अपने घर में मेरी हत्या की साज़िश रची। यह तो ईश्वर की कृपा है कि मैं इन साज़िशों से बच निकला, वरना मारे जाने के बाद यह पता भी न चलता कि इसके पीछे किसका हाथ है।"

विंटर और दार्ता के बाद अपनी बात कहने के लिए ऐथोस आगे आया। उसने कहा, "तुम जैसे कई लोग हैं, जो इस औरत के सताए हुए हैं। यह औरत सबकी नज़रों में हमेशा मासूम बनी रही और इसके किए पापों की सज़ा हमेशा दूसरों ने भुगती।"

ऐथोस ने राज़ खोला, "यह गुनहगार औरत मेरी पत्नी रह चुकी है। बरसों पहले मैं इसकी चालों का गवाह रह चुका हूं। इसने मेरे साथ रहते हुए मेरी और मेरे परिवार की जायदाद का नाश किया। हालांकि मैं तब इसे मासूम समझता था। इसके बाएं कन्धे पर वह दाग़ भी है, जिससे तुम जान जाओगे कि इस स्त्री को सज़ा भी मिल चुकी है। यह धोखेबाज़ कई रूप-रंग बदलकर मासूमों को अपना शिकार बनाती रही। अपनी असलियत छिपाकर ठगती रही। औरत होने का फ़ायदा उठाती रही।"

केलरिक ने ख़ुद को बेक़सूर जताने के लिए बाएं कन्धे पर लगाए गए जेल के दाग़ को झूठ बताया। उसने कहा, "मुझ पर झूठा आरोप लगाकर सज़ा दी गई थी। मैं बेक़सूर थी।"

उसके यह कहते ही वह आदमी सामने आया, जिसकी पहचान ऐथोस ने छिपा रखी थी। इस आदमी को अपने सामने देखकर लेडी केलरिक के मुंह से शब्द निकलने लगे, "लिली शहर के जेलर...! तुम...! तुम अभी तक ज़िंदा हो...!"

वह आदमी एकदम कहने लगा, "हां, मैं...लिली शहर का जेलर...मैं बताता हूं तुम्हारी एक और सच्चाई...एक और गुमनाम कहानी...। वह भी तुम ही हो, जिसने लिली के एक मठ के संन्यासी को अपने जाल में फंसाकर उसके धार्मिक जीवन को नुक़सान पहुंचाया और उसे मठ से लेकर भाग निकलीं...और फिर जब तुम दोनों गिरफ़्तार होकर जेल पहुंचे, तो वहां तुमने एक पहरेदार को फांस लिया और फिर उसके साथ जेल से निकल भागीं, लेकिन उस भोले संन्यासी को तुम्हारे साथ मठ से भागने और चोरी के आरोप में जेल की सज़ा काटनी पड़ी। अदालत के फ़ेसले के बाद मैंने ही तुम दोनों के कन्धों पर जेल की सज़ा का वह दाग़ लगाया था। मैं यह बात इसलिए कभी नहीं भूल सकता, क्योंकि वह अभागा संन्यासी कोई और नहीं, मेरा अपना भाई था।"

जेलर की बात ख़त्म हो जाने के बाद ऐथोस ने कहा, "यह औरत महापापी है। स्त्री जाति के नाम पर कलंक है। खुद को सच्ची बताने वाली इस औरत ने कई बेक़सूर लोगों की बलि ली है। उनकी हत्या की दोषी है। आज वक़्त आ गया है कि इसे इसके किए की सज़ा मिले और यह सज़ा हम ख़ुद देंगे। बताओ, क्या होना चाहिए इस चालाक, धोखेबाज़ और नीच औरत के पापों की सज़ा...?"

सभी के चेहरे पर अपने दुखों का रंज और गुस्सा था और कोई

भी केलरिक की सज़ा को कम नहीं करना चाहता था। न ही किसी क़िस्म की हमदर्दी दिखाना चाहता था। इसलिए एक पल की ख़ामोशी के बाद सबके मुंह से एक ही शब्द निकला, सजा-ए-मौत!

और देखते-ही-देखते सबके हाथों में तलवारें चमक उठीं। लेडी केलरिक अपने डरावने अंजाम को देखकर सिहर उठी। तभी दार्ता ने अपने साथियों को आगे बढ़ने से रोक दिया।

बाद में लोगों को पता चला कि उस औरत को दार्ता, विंटर या ऐथोस ने नहीं, बल्कि पापों से बोझिल उसकी आत्मा ने मारा और उसने नदी में कूदकर आत्महत्या कर ली।

•••